Aden ou la transparence

Olmo

Aden ou la transparence

ISBN 978-2-487749-00-9

Le nouvel Attila
127 avenue Parmentier
75011 Paris
www.lenouvelattila.fr

Pour Alejandra

Je suis un vieux Peau-Rouge
qui jamais ne marchera en file indienne.
Mario Santiago Papasquiaro

– 1 –

Mon père, Ahmed, était une formule contradictoire : né d'une mère algérienne et d'un père allemand, il avait cinq ans lors du massacre du 17 octobre 1961 sur le pont Saint-Michel, quand la communauté algérienne de Paris brava le couvre-feu qui lui avait été imposé dans la capitale. Alors préfet de police, Papon avait interdit aux travailleurs algériens de sortir entre vingt heures et cinq heures trente, et avait décrété la fermeture des cafés arabes à dix-neuf heures. Entre cent cinquante et deux cents Algériens furent massacrés ce jour-là sur les rives de la Seine, au cœur de Paris. C'est là que mon père perdit sa propre mère, à peu près au même âge où je perdis la mienne. « Personne ne s'en souvient, disait mon père, on n'a même pas compté les morts, on n'a même pas pris la peine de repêcher les cadavres, à quelques mètres de la Samaritaine et des magasins de luxe de Saint-Germain-des-Prés. Personne ne veut plus en entendre parler. » De cette époque, il ne reste que de vieilles photographies que mon père avait découpées lors du procès de Papon, à la fin des années 90, et je regardais les boucles frisées de tous ces hommes devant le pont tout en sortant les pages du carton, qui faisaient un bruit de grelot dans l'appartement.

Mon père m'a nommé Aden, comme le port qui garde l'entrée de la mer Rouge. Aden, disait Nizan, est un lieu si beau qu'il fait mourir. C'est un mot que l'on retrouve dans le Coran, et qui signifie « grand palmier ». Aden, c'est la ville où se situe l'Institut solariste dans le roman *Solaris* de Stanislaw Lem, livre de chevet de mon père, mais il m'a dit un jour que ma mère avait voulu écrire Aeden sur ma carte d'identité, à l'irlandaise, ce qui signifie « petit feu » : A-eden, peut-être pour me donner un nom moins arabe, ou pour me rappeler qu'il faut se tenir à côté des paradis. Mon nom de famille est Malen, cela veut dire « peindre » en allemand. Mon père et moi nous étions réparti ce sang mêlé : il avait le visage bronzé d'un Nord-Africain et les cheveux blonds d'outre-Rhin, j'ai le visage terne d'un Bavarois, et des cheveux plus noirs et plus bouclés que la toison d'un mouflon de l'Atlas. Nous étions liés lui et moi, parce que nous ne ressemblions à rien, avec un fond d'œil blanc-vert, et nous respirions, le soir en silence, à la fenêtre, ce même fond d'air incolore de Paris.

Claire, ma mère, est morte deux mois après mes six ans, renversée par un bus qui descendait la rue Blanche, où nous vivions à l'époque. Il me reste peu de souvenirs d'elle, peut-être un carton des dessins que nous faisions ensemble, qui tapissaient autrefois les murs de ma chambre. Ce n'était pas tant des dessins d'enfant que de curieux mobiles, comme les installations suspendues de Calder, avec toutes sortes de miroirs sur lesquels se reflétaient de bizarres figures, comme si ma mère avait voulu de bonne heure me faire entrer dans son monde par des déformations.

Les anamorphoses, que nous avons tous déjà expérimentées, sont des images communes qui jouent avec la perspective. Par exemple, dans une rue du XIVe arrondissement, nous approchant d'un escalier de Montsouris, nous percevons de loin des couleurs dans la profondeur du perron, et continuant d'avancer, des formes prennent vie, d'abord des yeux, puis un visage entier, bloqué dans les marches, jusqu'à ce qu'un sourire surgisse de nulle part, comme si une créature coincée dans le giron de pierre nous accordait le passage. Certains murs des petites rues de la Butte-aux-Cailles présentent aussi des anamorphoses. De loin, ils semblent recouverts d'épais traits violets incohérents et désordonnés, mais si l'on trouve l'angle juste, alors ces traits deviennent un texte en relief, si épais, si vivant que nous sentons que nous nous enchâssons à l'intérieur des lettres. Ainsi fonctionnent les anamorphoses, dès qu'une personne qui connaît le secret de l'image nous place à un certain endroit ou remue un petit miroir, alors la confusion initiale du dessin se ramasse dans une figure claire et distincte, comme si la forme sortait de son propre chaos.

C'est ma mère qui est à l'origine de mon désir de peindre. Elle avait suspendu de ces anamorphoses dans ma chambre, comme une pluie de petits cylindres avec une esquisse difforme à leur base, pour faire apparaître des visages et des créatures extraordinaires. Ces gris-gris sont maintenant rangés dans le carton d'une cave, mais c'est à cette époque, je crois, que commença le lent dérèglement de tous mes sens, que je compris que les formes ne seraient pas données, mais à trouver en fouillant mieux dans le bordel de l'existence.

– 2 –

De tous les métiers que Flock avait exercés (gardien de nuit, voiturier, vendeur de poppers et de vieilles cassettes pornos dans un sex-shop gay de Pigalle, nettoyeur de cabines, chauffeur de navette à Roissy, jardinier, vendeur chez Darty), celui qui l'avait le plus sali, disait-il, fut lorsqu'on l'embaucha un mois durant dans un abattoir près de Gennevilliers. Un de ses amis, employé là-bas, avait laissé entendre qu'ils cherchaient deux extras pour exécuter la basse besogne durant l'été, le dépeçage et l'échaudage du porc à 65 °C, son épilage par flambage, l'éviscération, le tri sanitaire et le nettoyage de la viande (avant que les tranches ne soient refroidies, puis cellophanées et envoyées quelques jours plus tard dans tous les Franprix de Paris). Flock y était allé. Le premier jour, il n'avait pas pu supporter la puanteur, qui traînait partout, le mélange de sang et de Javel, les porcs qui se réveillaient parfois dans l'eau bouillante et le bruit des machines. Mais, au bout d'une semaine, il avait commencé à ne plus sentir l'odeur. À la fin, quand il revenait dans l'appartement, tout le monde s'était habitué à cette pestilence qui ne partait pas, même le chat faisait un effort pour ne plus sortir de la pièce quand il entrait.

Un soir, Flock m'avait regardé de loin, derrière les verres épais de sa monture, du haut de son mètre quatre-vingt-dix, le visage tenu par un foulard rouge au cou, fixant comme un tuteur à la gorge le reste de son corps. Il avait dit en tirant sur sa bédave : « On s'habitue à tout. C'est automatique. C'est ce qui m'est arrivé à l'abattoir. Les petits plaisirs reprennent toujours leurs droits. C'est pour ça qu'on ne peut pas être trop heureux ou malheureux longtemps. Tu oublieras cette fille dans peu de temps. » Cela faisait une dizaine de jours qu'Amalia avait quitté l'appartement où nous vivions autrefois tous les deux, place Gustave-Toudouze, me laissant seul et sans nouvelles. Elle avait bloqué mon numéro. Cette fin d'après-midi-là, alors que j'étais passé voir Flock, je le regardais lutter pour garder les yeux ouverts, par empathie pour mes histoires, alors que la partie immergée de la couette semblait se refermer sur lui. Tout d'un coup, il a commencé à respirer fort, s'est endormi comme un flan, puis s'est réveillé quelques minutes plus tard, s'est rehaussé sur son oreiller, et a lancé, en parlant d'Amalia : « C'est une pisseuse. » Il a arrangé le matelas sur lequel, depuis maintenant une vingtaine d'années, il dormait, mangeait, cendrait ses clopes, jouait à ses jeux de plateforme, comptait les écailles de peinture du plafond, regardait des documentaires sur les pratiques de reproduction humaine. Il y avait toujours une petite cage vide à côté de son lit. Je me souviens, quand nous étions enfants, un jour de printemps, il avait laissé sortir le mandarin orange de sa volière. L'oiseau s'était posé un instant sur le rebord de la fenêtre et avait goûté quelques éphémères minutes de plaisir au soleil, pris deux ou trois gorgées d'air, avant qu'une énorme mouette, tachée de rouge sur le bec, fonde sur lui, et sous nos yeux ébaubis, l'emporte quelques mètres plus loin dans la rue. Nous étions sortis et avions trouvé l'oiselet raide comme le piquet où Flock avait accroché son vélo. Flock n'avait pas regretté la mort de son mandarin, il avait considéré que son bonheur avait été court, mais qu'au moins il avait connu la liberté.

J'étais assis dans le fauteuil pivotant du bureau, près du radiateur, tandis que Flock, continuant de s'imbiber de THC, avait ajouté : « Tu n'as pas eu de chance cette fois-ci. Ce n'était pas la bonne. » On voyait la rue Blanche derrière la grille, et la place d'Estienne-d'Orves, les lampadaires accrochés aux branches sombres des arbres qui tombaient comme des lampions de fleurs. Les troncs étaient tenus par des corsages de fonte, qui les prenaient à la taille comme les dents d'un râteau. Dans l'hiver, sans le verdoyant des feuilles, ces arbres avaient l'air abandonnés comme des amoncellements de vieux pneus. Je me répétais la dernière phrase de Flock et je me suis demandé si je croyais à la chance. *Pas toi, quand même ? Tu ne vas pas t'embarrasser de ces choses.* Puis je me suis dit que c'était plutôt parce qu'il est difficile de savoir si, au final, ce qui m'arrive est bon ou mauvais. Ce qui est mauvais pour moi peut être bon pour le reste du monde. *Oublie le reste du monde*. Une voix a murmuré. Cette idée est restée, un instant, collée sur une paroi dans un coin de mon crâne. Puis je me suis dit que la chance, c'est ce qu'on croit qu'il nous arrive quand on oublie le reste du monde.

*

J'ai recroisé Amalia par hasard, un mois après cette discussion. Je l'ai vue quelques minutes, en face de *La Fourmi*, rue des Martyrs.

Avant de tomber sur elle, Flock et moi étions allés boire au *Sans-Souci*, et nous nous étions fait surprendre par une bière belge qu'ils s'étaient mis à servir là-bas. Ni Flock ni moi ne l'avions vu venir. Après la première gorgée, j'ai senti que j'avais le gosier pâteusement sec comme la fontaine de la place, avec son évacuation d'eau bouchée. Ce n'est qu'au bout d'une heure, après deux pintes, que l'on s'est rendu compte que l'on ne pissait pas, qu'on était comme tout raides à l'intérieur, et que la peau d'un doigt de Flock commençait à crêper. Une de ses joues avait gonflé, l'autre semblait collée à un tuyau d'air dans le pharynx, qui déformait sa face de trognon quand il essayait de parler. Alors, on a arrêté de commander de cette bière qui nous donnait l'impression de nous enfiler des bols de terre. C'est pour cela que quand je suis sorti du bar, quand Flock m'a laissé dehors, que je l'ai regardé prendre en titubant la rue descendante, zigzaguer entre les troncs noirs de la rue des Martyrs comme une ombre vexée de s'être fait avoir, je me suis dit qu'il fallait que j'aille demander un verre d'eau. J'étais dans une condition bizarre, avec mon palais cotonneux, j'entendais bourdonner le bitume et ma peau craqueler comme de l'argile. C'est dans cet état, sans salive, en cherchant un endroit pour me désaltérer, que je suis tombé sur Amalia, devant le bar en remontant la rue des Martyrs.

Il m'a semblé qu'Amalia était aussi confuse que moi. D'abord, nous avons parlé de la pluie, puis, je ne sais pas pourquoi, d'un coup, elle m'a dit qu'elle m'aimait, qu'elle ne savait pas ce qu'elle faisait, qu'il fallait que je n'attende plus rien d'elle. J'ai essayé de me répéter ses mots : *Il faut rien que tu attendes plus de moi*, mais ils sont restés coincés avant l'entrée du cervelet, parce que la bière belge avait dû obstruer un passage par là. Cela me parut incompréhensible sur le coup. Mais c'est surtout qu'Amalia avait parlé sans s'arrêter, comme elle le fait d'habitude, c'était la fin d'une phrase alambiquée, avec d'étranges concordances de temps, des négations que je ne compris pas, sans accents, comme quoi je la protégeais d'elle-même, alors qu'il ne fallait pas, puis elle s'est interrompue par surprise au milieu de ses mots, semblant me demander si sa phrase était terminée. J'ai levé les sourcils comme pour lui dire que je n'en savais rien. Quand les phrases d'Amalia ne se terminent pas, ça nous donne toujours mieux l'idée de ce qu'elle veut dire. Ses mots sont encore restés quelque part entre mes méninges et mes os du crâne. Puis elle a cessé de parler, comme si en allant plus loin, elle allait se rompre. La phrase. Pas Amalia. Je crois. Je n'ai pas demandé plus d'explications. Je lui en avais voulu ces temps-ci, mais le bon effet de la bière belge avait été de sécher le peu d'orgueil qui me restait. Pressée de partir, elle avait pris le boulevard de Rochechouart à l'envers.

Flock avait eu raison lorsqu'il avait dit qu'il fallait que les choses arrivent au bon moment, ni trop tôt ni trop tard. Je ne sais pas si cela avait été trop tôt ou trop tard avec Amalia, mais ce soir-là, devant *La Fourmi*, nous étions tous les deux fatigués comme si nous n'avions plus eu d'eau en nous. Une pluie grise était tombée sous l'auvent de verre, de ces gouttes encrassées d'ordures et de nuit que nous ne pouvions pas boire, qui tapotaient devant l'entrée en murmurant comme la rumeur d'un concierge, une mélodie sans note. Puis ce sont des barreaux qui sont tombés dru, se contorsionnant comme des cordes, tremblotant comme le larynx des nuages ; et Amalia et moi n'entendions rien, nous continuions, comme toujours, de faire des clapotis dans les flaques.

*

Le souvenir d'Amalia ne me quitte pas. Depuis deux mois, je ne fais que répéter son nom : je l'ai soufflé dans le grand vase du salon de mon père, je l'ai posé à l'intérieur des livres, sous les abat-jour, je l'ai glissé dans les tasses avant de le boire et le reboire. Je continue de m'enrouer avec. *Amalia*. J'ai dit son nom contre les carreaux froids de la vitre, sous le tapis, et je l'ai répété avant de m'endormir. On nous dit que, si l'on porte un coquillage à l'oreille, l'on entend le bruit de la mer, puis on apprend que c'est le sang de nos vaisseaux qui résonne dans le coquillage. Il faut donc pouvoir penser que l'on a toujours le bruit de la mer en nous, avec ou sans coquillage. C'est ainsi qu'Amalia bourdonne en moi. Elle est partout dans les reflets, les lumignons qui tournent et se tordent, je veux cracher son nom et rien ne sort.

Il y a quatre ans, nous avions emménagé, lors d'un printemps sec, dans ce petit appartement qui donne sur la place Gustave-Toudouze, vers le sud de Pigalle, à l'angle de la rue Henri-Monnier et de la rue Clauzel. Ce n'est pas vraiment que nous emménageâmes ensemble en réalité, nous étions toujours sur le départ, prêts à ce que cette relation finisse un soir de la semaine. Nous n'avions pas quatre chaises, n'avions pas monté de meubles, à part un vieux bureau, un canapé, et une petite table que nous avions trouvée dehors. Nous voulions pouvoir nous séparer sans discours, sans rien à répartir, disparaître sans trace, comme le vert des arbres se fond le soir dans la nuit bleue. Nous avions commencé à vivre ainsi nos vingt-quatre ans, avec un peu d'argent de la bourse d'Amalia. Nous avions simplement de quoi payer le loyer, encore abordable, et pour le reste nous nous débrouillions. Chaque année le prix du mètre carré de ce coteau sud de Montmartre montait haut, comme celui des grands crus, les « années millésimes » qu'ils devaient les appeler du côté des propriétaires, surtout vers l'est du quartier. La rue des Martyrs portait tous les mois un peu mieux son nom pour les locataires. Plus bas, vers la rue de la Chaussée-d'Antin, les couples avec enfants se séparaient après avoir essayé de résister. Mais nous, nous n'avions pas à nous soucier de nos redevances. Nous ne gagnions jamais assez pour être redevables de quiconque et nous n'avions que nous deux à tenir, et beaucoup de temps pour cela.

Nous sommes des milliers à continuer de vivre dans le creux de la ville d'en bas, là où on entend en sourdine L'Opéra de quat'sous, et si les places sont chères dans les gradins de cette ville, on peut encore facilement se faire inviter dans la fosse, avec cette génération venue de partout, des États-Unis et Bab el-Oued, ces jeunes Napolitaines arrivées en fin de lignée, venues étudier la sociologie et se refaire une santé dans le XIe arrondissement, d'autres hipsters de Provence, et beaucoup d'étudiants étrangers installés dans la petite Algérie de Barbès, tout le monde brassé à l'ancienne entre les tireuses des bars et les sex-shops de Blanche à Anvers. Je ne sais pas si l'on pourra se souvenir de ces années dans le sud de Pigalle, avant que les propriétaires ne fassent le grand ménage. Elles ont quelque chose de poussiéreux et doré, comme une fin de journée sur les Grands Boulevards. La crise touchait ceux qui possédaient un peu, et nous étions beaucoup à n'avoir rien.

L'hiver traversait parfois l'appartement en tremblant comme s'il avait lui-même froid, et venait se recroqueviller devant le chauffage central. Nous lavions nos affaires chez une voisine que l'on nommait la Lardel, une grand-mère qui vivait au cinquième, deux étages plus bas. J'allais lui faire quelques courses en retour et la dépannais pour des tâches de bricolage. La vieille dame nous aimait bien, et voulait que nous passions la voir plus souvent pour le café. Elle disait que je lui faisais penser à son mari défunt. Un fainéant. Toujours à grenouiller d'un endroit à l'autre du quartier. Au marché couvert, trois fois par semaine, tout le monde nous connaissait, et nous trouvions de quoi manger pour pas cher quand nous passions à l'heure de ranger, filant parfois un coup de main pour fermer les camions et récupérant au quart du prix ce qui allait se périmer, les barquettes de moussaka et les poivrons d'Aïcha, farcis à la coriandre, tandis que les primeurs laissaient les fruits les plus sucrés à la fermeture. Les cigarettes, nous les trouvions au *duty free* ambulant de Barbès, celui à ciel ouvert, qu'on ne peut pas rater sous le métro. Ses crèmes pour la peau, Amalia les prenait à même les testeurs des parfumeries, et quant au cinéma, nous passions par la porte de derrière, où les gens sortent. Tous les amis d'Amalia poursuivaient leurs études autour de Paris, et dès que nous avions besoin d'un livre, il suffisait de le demander. Et pour faire tout cela, nous avions seulement besoin de temps et de café.

Nous traversions les jours filiformes de la semaine comme il nous plaisait. Sans weekends ou vacances. Nous étions toujours en train de lire ou corriger un texte, et rien malheureusement ne sortait de toutes ces heures de travail – rien que nous arrivions peu ou prou à monnayer directement. C'était seulement de ce temps que nous avions besoin tous les deux, celui incompressible, qu'on ne peut pas rattraper plus tard, celui de lire et s'animer pour une idée inutile. Après le labeur, nous nous retrouvions souvent au début du soir, dans le quartier, ou dans les vieilles salles de cinéma, devant un musée, dans un parc, au bord de la Seine au printemps, ou, quand s'installaient les beaux jours, directement sur le toit de l'immeuble où nous avions une terrasse cabossée, non loin de la fenêtre de la salle de bains, là, il fallait monter en prenant soin de ne pas glisser sur le toit, entre trois cheminées, et alors que nous aurions presque pu dresser une table et deux chaises et y mettre des bougies, nous préférions nous allonger et nous laisser aller sous les nuits sans plafond.

Cela fait des semaines que je ne suis plus repassé sur notre terrasse de funambules. Je crois que des mouettes s'en sont fait un nid, et j'entends des bruits de chaudière qui partent de là le soir, quand tout est silencieux dans le lit vide. Ça me retourne le cœur que d'y penser. C'est sur ce toit que je me souviens d'Amalia. Dans le soleil rouge, de l'autre côté du vent, à essayer d'amarrer le ciel à la fenêtre de l'appartement. C'est étrange ce que nous avons perdu de temps à exister. Les jambes d'Amalia sous la charpente de la ville, en équilibre. Ce sont ces moments que je dois décuver, ils me restent en bouche. Tout ce qu'elle était, je le buvais sans savoir, à la régalade dans ce grenier en plein air, et personne ne m'avait prévenu que ces alcools du soir ont du soleil et de la longueur.

– 3 –

Il y a cinq ans, après trente années passées dans son garage de Pantin, à la lisière du périphérique, à respirer l'air des pots d'échappement, les relents des pneus, le dissolvant de la vidange, mon père est mort d'un infarctus, causé par un caillot de sang, un de ces galets graisseux de tabac et d'éthanol, coincé dans le diamètre d'une artère, qui avait déjoué les contrôles techniques. Les seuls amis qu'il avait fréquentés, ses dernières années, étaient de sa génération de garagistes, ceux qui n'avaient pas été préparés à l'arrivée des nouvelles batteries, fiers de l'odeur d'essence qui transpirait de leurs chemises au début du soir. Une famille de mécaniciens, abandonnée dans le fond du garage, qui se retrouvait les samedis après le boulot, et encore les dimanches, avec des traces de cambouis mal frottées sur un coin du visage, pour boire, chez l'un ou chez l'autre, dans les jardins pluvieux des maisons ouvrières qui bordent le petit cimetière d'Aubervilliers.

Mon père était un homme d'une douceur rare. Il était toujours calme, parce que absent, et quand il avait beaucoup bu, ce qui arrivait avant même que le soir n'ait fini de tomber, replié dans une tristesse qui perdait de son fond avec la nuit, il devenait encore plus silencieux, encore plus patient et doux avec les gens autour de lui, parce qu'il sentait que nous pourrions tous, un soir, nous retrouver bloqués dans cet endroit sauvage où la vie l'avait oublié.

À la mort de ma mère, il s'était peu à peu laissé enjôler par ces longues nuits d'alcool, peut-être pour essayer de comprendre, trouver une explication à sa descente aux enfers à elle, les voix qu'elle avait commencé à entendre et la mise à sac de son cœur tenace. Durant mon adolescence, je me souviens de lui essayant de refaire l'histoire de cette chute. Après le dîner, il s'asseyait dans le fauteuil du petit salon pour tenter d'y voir clair, sous une vieille ampoule jaunie et sans robe, commençant par un verre de rhum et un cigarito, jusqu'à ce que, vers le troisième verre, il se tourne vers moi et me regarde étrangement, vers le quatrième se souvienne de la présence qu'il avait décelée au milieu du troisième, et vers le cinquième reprenne laborieusement le fil d'une histoire commencée deux veillées plus tôt, pour s'arrêter au sixième après avoir reperdu le fil. J'étais là, à table, penché sur un devoir ennuyeux que je terminais à la va-vite pour reprendre mes carnets de dessin. Je me souviens de notre petit salon, qui était aussi sa chambre, avec, sur le grand mur granuleux, l'affiche jaunie des *Raisins de la colère* avec Henry Fonda sur la porte d'entrée, à côté du miroir en pied, quelques statues africaines de Pier Import, et des tours de paperasse contre les plinthes du parquet. Il avait aussi accroché, sur les murs humides, d'anciens tableaux de ma mère aux formes abstraites et rouillées comme les vieux meubles, devant lesquels il restait parfois de longues heures méditatives, comme bercé par le ronron d'un moteur. Je l'écoutais ces soirs-là avec une ivresse calme, celle de cette transe qui vient quand nous sommes plongés dans un croquis, à la fois ramassés en soi et sur le qui-vive ; dans cet état hypnotique où, je crois, des images tenaces en forme de tatouages viennent entailler la peau du cœur.

Par amour et fidélité, mon père avait décidé de chuter avec ma mère, d'aller là où elle irait. Quand sa maladie avait commencé, il l'avait d'abord écoutée attentivement des heures raconter ses histoires de voix, celles qu'elle entendait grouiller de partout. Il avait essayé de les percevoir, au restaurant, dans les plis de la nappe, dans la résonance de deux verres qui trinquent, il s'était mis à chercher les présences que ma mère lui montrait au milieu des objets, des mois durant, silencieux et vide, à tenter d'écouter battre d'autres pouls dans l'ourlet de la nappe. Sans résultat. Il n'avait rien entendu et n'avait pas compris ce que ma mère voulait lui montrer. Pourtant, il l'avait aimée encore plus. Aimer, dit-on, ne peut être qu'un acte absurde, dans lequel il n'y a rien à gagner pour soi.

– 4 –

Novembre 2015

Ces derniers mois, j'ai aidé Flock dans ses petits trafics. Il faut avoir eu froid longtemps et s'être mis à la température des choses pour résister aux longs hivers parisiens. Et je n'ai jamais eu aussi froid que ce mois de novembre, à attendre que le temps passe, sous les grands paulownias dénudés du square Cavaillé-Coll, qui borde la petite église Saint-Vincent-de-Paul, dans le Xe arrondissement, entre la rue Lafayette et le boulevard Magenta, à quelques trottoirs de la gare du Nord. Il régnait cet hiver de cette froidure qui rend l'esprit vide et blanc, qui donne la migraine. Il neige peu à Paris, mais il y fait souvent de ces froids qui nous enneigent du dedans.

Flock m'avait placé devant l'église. Un mois avant, alors que j'avais besoin d'argent et que je ne pouvais plus payer ni pinceaux ni couleurs ni loyer, il m'avait dit que je lui servirais de « bonne main », de guetteur en somme. Il faisait surtout cela pour me dépanner, par pitié, mais c'était aussi pour avoir un peu de compagnie quand il ne venait personne. Mon travail était de surveiller les abords des marches, pendant ses manœuvres dans l'église vide. Il négociait sa résine de cannabis dans une petite chapelle oubliée de cette abbatiale, au cœur de Paris, loin de celles que vont voir les touristes. Il y en a tellement ici de ces vieilles églises – autant que de cafés – que personne ne peut toutes les surveiller. Ils préfèrent mettre un videur à l'entrée de chaque Starbuck, alors que des reliques bien plus précieuses à voler se trouvent dans ces lieux saints, tellement d'or à fondre chez soi. Mais étrangement, les reflets de lumière de la nef tiennent encore à distance. Ces sanctuaires, comme de vieux cadavres à peine debout, ressemblent maintenant aux exosquelettes d'un insecte ancien, un invertébré autrefois dangereux qui continue de tenir les pauvres en respect.

C'était simple : les clients du quartier venaient vers moi, je les regardais monter les marches vers le narthex, leur parlais un peu, les faisais attendre si nécessaire, puis je les envoyais vers frère Flock, assis au cœur chaud de la chapelle, dans la mi-pénombre d'un siège de prière doré, sa capuche de frocard cachant la moitié de son visage, pour qu'ils achètent sa marie-jeanne. Il businessait sous les auspices de la Vierge, dans le petit oratoire du même nom, non loin du grand orgue. Il disait : « C'est peut-être péché d'avoir monté mon affaire ici, mais je passe mes journées assis sur du beau mobilier, à méditer devant la croix, et je ne connais aucun moine qui en ferait autant. Cette weed d'église, ça les amène plus vite vers Dieu que tout ce qu'ils font dans la journée. » Il y avait là, près de l'autel de la Vierge, sous de vieilles pierres qu'il avait réussi à soulever, ses réserves pour la semaine. C'était un trafic local qui marchait depuis quelques mois, parce que l'église était vide toute la journée. Son biz avait rapidement fleuri. Je ne m'y intéressais pas. Il me dépannait largement avec cinquante euros par jour, à raison de quatre après-midi par semaine. Flock s'était pris au jeu, et au bout de quelques mois, il avait lui-même commencé à donner son numéro à des habitués. C'étaient de petits chauffeurs-livreurs, des vendeurs de pizza en chemin vers les quartiers du sud, des adolescents aux neurones calcinés du lycée Jacques-Decour, des petits cadres qui rentraient un peu plus tôt, la nuit tombée, comme des cadavres dans leurs beaux habits, avant que les lourdes portes de l'église ne se ferment, et qui avaient besoin de dormir d'un sommeil plus profond. Le soir, au moment de l'office, Flock déplaçait son commerce et allait bicraver dans le petit parc.

Je n'ai jamais trouvé le temps aussi long qu'à attendre des après-midi entiers, les doigts emmitouflés dans les gants de motard trop grands que Flock m'avait donnés. Je ne pouvais pas dessiner. Je regardais les mouettes gelées du parc qui volaient comme des glaires. Je me sentais comme une pierre enfoncée dans la terre. Pas plus important qu'une de ces vieilles marches, immobile comme du minéral, dur et endormi.

Le jardin, au pied des colonnes du portique, était depuis longtemps le lieu des petits négoces du quartier. Il se tenait à l'emplacement d'une ancienne léproserie. Traînaient encore ici tous les parias, les rejetés, les *cochos*, les vendeurs de marrons chauds avec leurs Caddy et leurs vieilles tôles, les migrants égarés, les familles roumaines sans toit, couchées là dans le froid à attendre que l'hiver passe, les petits vendeurs à la sauvette, ceux qui faisaient tourner les peluches mécanisées devant les Grandes Galeries d'Haussmann, quelques bouquinistes qui venaient échanger des cartes postales jaunies, de petits détaillants qui troquaient les pièces de leurs vélos volés. Depuis longtemps, niché entre quelques rues du quartier nord, entre les appartements rénovés, ce jardin servait encore de poubelle sociale. Mais cela ne durerait plus longtemps. Le prix des loyers montait plus vite que le lait sur le feu. Les mères de famille, nouvellement installées, qui passaient à travers l'air nauséabond de la pisse du trottoir pour mener leurs enfants jusqu'à l'école derrière la paroisse, gardaient les yeux fixés sur le bitume brun, et auraient bientôt raison de cette petite misère.

Et il y avait aussi tous les chépers que les politiques de fermeture de lits et d'« hôpital-hors-les-murs » avaient laissés dans la rue. Le parc Saint-Vincent-de-Paul était peut-être le plus grand asile en plein air de la ville, et au moins la deuxième structure psychiatrique parisienne, après le métro. Il y avait ceux qui ressassaient leur passé à haute voix, faisaient les mêmes gestes, se laissaient encore traverser par les mêmes idées, s'arrêtaient puis revenaient en arrière. Ils étaient légion. Il y avait ceux qui restaient silencieux tournés sur le côté du goudron, dans la crasse d'une bouche d'aération du métro. J'entendais le bourdonnement que tous ces fous écoutaient, mais en moi, à cette époque, il murmurait encore à voix basse.

*

C'est quand le Caló est arrivé dans les affaires de Flock que nos problèmes ont commencé. C'est le vieil Houphouët – certains ici l'appelaient Chaussette car il mettait d'épaisses socquettes grises sur son pantalon pour ne pas avoir froid aux chevilles, à vélo – qui nous l'a présenté. Vieux Sénégalais, la peau noire de son visage était pigmentée de petites taches sombres. Bouquiniste des quais, il devait être arrivé adolescent à Paris à la fin des années 60 et avait trouvé une chambre de quelques mètres carrés dans un foyer de la porte de Clichy. Il y était resté toute sa vie.

Houphouët passait souvent dans le petit parc avec son échiquier, le regard enfoncé dans ses yeux globuleux, sous ses sourcils froncés. Son visage de résine semblait fixé dans une vieille amertume, parce que avant de venir, il n'avait pas espéré cette vie à attendre sur un trottoir, et c'est peut-être ce fossé invisible, séparant les habitants de la ville, qui avait ciselé les sillons de son visage. Il venait souvent s'asseoir et donner à manger aux mouettes et aux corbeaux qui le connaissaient bien, et qui commençaient à s'agiter dès qu'il entrait dans le petit parc. Les pigeons ne l'aimaient pas car il ne leur donnait rien.

Un jour, il m'a accosté alors que je revenais d'une excursion dans un des petits bosquets du parc pour arroser les plantes malmenées par l'hiver.

– Allez pisser chez vous, avait dit le vieil Houphouët. Vous êtes de petits cons qui ne cessez de vous plaindre. Vous avez la peau blanche comme un médicament, de petits visages propres, et vous restez traîner là parce qu'on ne vous a jamais appris à travailler.

– On travaille ici, avais-je répondu.

– Ce n'est pas du travail honnête. Du travail de Blanc. Toi, ça va, mais l'autre, il vole le travail des Arabes. Et les karlouches comme moi. Tu crois qu'on nous autorise à faire autre chose ? La plupart d'entre nous, on ne peut rien faire d'autre ici avec les noms de blédards qu'on a.

Il devait être quatre heures de l'après-midi. Les petits jeunes des familles aisées du quartier qui venaient de sortir du lycée étaient arrivés sur leurs scooters. Ils enfumaient la lisière du parc. C'étaient les plus gros clients de Flock. Ce dernier s'inquiétait de ne bientôt plus parvenir à répondre à leur demande, et du risque qu'ils se tournent vers des grossistes mieux fournis, sur le terre-plein de Pigalle. Ils avaient les cheveux bien peignés, gelés par le froid de l'hiver, et ils venaient se ravitailler pour leurs soirées du weekend. Flock les avait amenés vers l'église. Je suis resté seul avec le vieil Houphouët. Je voyais ses muscles canins descendre de ses narines, comme taillés au couteau.

– Pourquoi il s'appelle Fuck ton ami ?

– Flock, pas Fuck. Jean-Flock. Il est italien.

– Pourquoi ils l'ont pas appelé Toni alors ?

Le vieux avait regardé dans le vide et avait sorti un paquet de cigarettes sans rien dire, en fixant la ligne d'horizon cassée sous ses sourcils froncés. Il m'avait tendu une clope, en avait glissé une au milieu de sa barbe grise, en cherchant ses lèvres, et m'avait jeté un briquet. Puis, après avoir craché sur un pigeon, il avait dit :

– Je connais un gars qui cherche à écouler pas mal de résine. Pour pas cher, c'est un mec fiable. On l'appelle le Manouche ou le Caló. Il a de gros stocks. C'est moins cher que partout ailleurs.

De vieux sacs plastique déchirés venaient en tourbillonnant dans une bourrasque. Ils montaient au ciel en petits mouvements, comme s'ils se vidaient de leur air et se regonflaient. J'avais dit au vieux :

– On dirait des méduses.

Les méduses sont comme de vieux sacs plastique. On ne sait pas quoi faire de ces parasites. Il y en a trop dans les mers. Nous restâmes sans rien dire un long moment. Je le regardai installer son jeu d'échecs. Flock revenait de la maison de Dieu, en disant que c'était fini pour aujourd'hui, que les petits avaient rongé l'os à moelle, qu'ils réduisaient ses marges de boni à force de le gratter pour avoir des ristournes, et qu'il n'avait plus rien. Le vieil Houphouët lui répéta :

– Va à Saint-Ouen et trouve un petit keus qu'on appelle le Caló. C'est un gars que je respecte. Il est un peu plus jeune que vous mais lui c'est un bosseur. Tu le trouveras souvent dans la quatrième rangée des puces, chez un vieil antiquaire marocain. Il a le visage d'une fillette, les yeux clairs et les crocs d'un chien de garde. On l'appelle aussi le Manouche ou le Gitan. Va le voir, s'il ne t'intéresse pas, tu trouveras autre chose.

Flock l'avait remercié, et lui avait dit qu'il avait déjà ses réseaux à Saint-Ouen, dans la rue Cordon. Le froid de la nuit était arrivé avant que le soleil ne tombe. Des nuées de corbeaux s'étaient envolées de la redingote trouée du vieil Houphouët vers la lumière orange. Je me sentais engoncé dans mes habits, et un brouillard familier s'enfonça dans ma tête. Ni de la matière ni de la pensée. Ces heures fauves faisaient quelque chose à ma conscience. Je n'arrivais pas à me détacher de l'horizon. Je crois que le vieux a dit :

– Tu vas te crever les yeux, petit.

Je regardais seulement les nuages.

*

On est allés trouver le Manouche à cause d'un rêve que j'avais fait cette nuit-là.

Dans mon rêve, je voyais de ces méduses bioluminescentes dont j'avais entendu parler il y a longtemps. C'étaient des sortes de sacs plastique vivant au milieu de l'océan. On les nomme les *Aurelia*. Il est difficile de dire si ce sont des animaux ou des plantes, car elles naissent d'anémones, des espèces de polypes, quelque part entre les coraux et les siphons. Elles grossissent lentement comme des ampoules sur le corps de ces plantes-polypes, éclatent de leur prison visqueuse, puis s'échappent comme des fleurs pour vivre leur vie de plancton. Elles grandissent alors encore quelques jours, en forme de chréode gelée, respirant tout ce qu'elles peuvent contracter de leur bouche-anus, puis deviennent de jeunes méduses, et parcourent les mers comme des lucioles. Plus tard, à l'heure de leur vie sexuelle, elles rejettent des graines qui reforment les coraux de polypes d'où elles sont sorties.

Cette nuit-là, dans mon rêve, je voyais ma peau cloquée de tuméfactions et de boules gélatineuses gorgées de mucus et de morve, de petits vers. Un gitan, que je n'avais jamais vu avant, appuyait sur ces tumescences de mon bras, et lorsqu'il parvenait à les percer, il sortait ces petites méduses phosphorescentes de bleu et de violet. Elles restaient un instant comme des fleurs portées par un vent, puis commençaient à respirer de tout leur corps, et s'éloigner de moi. Je me sentais libéré. Je faisais alors gicler ces singuliers furoncles avec plaisir, comme les hommes jouissent en laissant échapper un peu de cette glaire grouillante de larves.

J'ai convaincu Flock d'aller voir le gitan le lendemain. Au fond, Flock se foutait de mon rêve, il avait envie de se promener. C'était un samedi, il faisait froid et beau, de ces ciels qui ont l'air de vitres, d'une transparence qui fait qu'on l'oublie, qu'ils nous rentrent dedans, et qu'on ne comprend pas pourquoi on a du mal à les traverser, et on se cogne contre l'air comme contre une fenêtre bien nettoyée, comme si le magma d'hiver formait des plaques invisibles de verre, et que le vent portait de ces scintillements de mica pour rendre la conscience plus claire. Je crois que cette matière translucide est le lieu que je cherche dans le fond congelé de l'air ; une fois que je m'y trouve, les choses et les personnes apparaissent plus présentes, plus éveillées, plus innocentes, droites dans leur forme. Cette chose diaphane est impossible à décrire, mais je sens que c'est de ce creuset que s'échappe la clarté du jour.

C'est en arrivant près des vieux rails de la petite couronne, là où s'entassent les vieilles toitures branlantes du campement des migrants, vers Saint-Ouen, que nous avons rencontré ce chien errant, le museau écrasé, plissé et les oreilles entaillées. Je n'y connais rien en cabots, mais il était assez maigre, le poil ras, entre le marron des rails et la boue du trottoir, les pattes mal vissées sur son corps qui semblaient l'obliger à marcher à contresens. Il avait tourné sa tête vers Flock quand nous étions passés. Ils ont eu un bon contact, tous les deux, surtout que Flock était en train de finir un kébab et qu'il continuait de faire tomber des frites derrière lui. Alors, comme il n'avait plus faim, il a donné la fin de son sandwich à ce traîne-misère, sous les yeux d'un vieil homme à moitié endormi qui faisait la manche. Je lui ai dit qu'il aurait mieux fait de donner le reste de son pain à cet homme et Flock m'a dit qu'il était content que je lui serve de bonne conscience, mais qu'il préférait les chiens. Il a pénétré dans les puces de Saint-Ouen, le jean serré, la chemise propre repassée par sa mère, le col entouré d'un petit foulard noir, et son air décadandy. Des voitures nous ont coupé la route avec leur gyrophare bleu, au nom de je ne sais quel droit de priorité, mais le cabot a continué de nous suivre.

Nous avons trouvé le Caló, torse nu, allongé sur une chaise longue chez un antiquaire marocain, sous le soleil clair et silencieux de décembre. C'est Flock le premier qui l'a approché en lui parlant d'Houphouët et a dit qu'il avait besoin de cinq cents grammes de résine pour ce soir. Le chien qui était avec nous semblait connaître les lieux et le Manouche a répondu en s'adressant directement à l'animal, lui a demandé ce qu'il faisait là, lui, en tirant ce qui lui restait d'oreilles. Le chien jappait, et le Manouche a mis du temps avant de se tourner vers nous.

Il devait avoir vingt-cinq ans. Il était jeune et singulièrement beau, les cheveux mi-longs, il était maigre comme un adolescent et nerveux comme un animal sans meute. C'était une sorte d'hésitation entre l'enfant et le vieillard. Il est difficile de dire d'où il venait. Avant de répondre à Flock, il a mis une chemise blanche qui a collé à sa peau brune, comme une sueur poisseuse, comme cette pollution noire qui suinte de la façade de la gare du Nord. Quand le Caló s'est adressé enfin à nous, son timbre rugueux s'est fendu en petits éclats, comme si son accent avait été fabriqué au fond d'une grotte, à coups de pierre.

– J'en ai beaucoup. C'est de la bonne.

Flock a tiré sur un joint que le Manouche venait de lui tendre. Puis il est resté un instant sans rien dire, étonné peut-être par sa qualité. Flock lui avait précisé qu'il ne voulait pas de problèmes. Il lui a demandé avec quoi ils coupaient la résine pour qu'elle soit aussi peu chère. Mais cette discussion ne semblait pas intéresser le Bohémien.

Je sentais que le Manouche était de ceux qui ne mentent pas. C'était autre chose qu'il voulait. Il habitait dans le bidonville qui s'était dressé quelques mois auparavant dans la fosse de la petite couronne, sur le bord des rails. Il y avait quelque chose en lui qui semblait défait des poids qui pèsent sur les autres vivants. Il ne semblait avoir rien à perdre ni à gagner, comme si c'était autre chose qui l'intéressait.

– Elle vient d'où ?

– Du Maroc.

– Elle arrive comment ?

– Par la poste. Vous voulez prendre autre chose ? Vous êtes où à Paris ?

Il a sorti des petites pilules bleues.

– Ça, c'est du persian. Si tu le mélanges à du Lexomil, ce sont des hallucinations douces, du genre où les fleurs de la tapisserie de grand-mère viennent te parler. Les graphistes en commandent souvent. Il y en a pas mal par chez vous. Ça marche bien aussi avec les intermittents du spectacle. Ce sont juste d'anciens stocks de pharmacie. C'est presque remboursé tellement c'est pas cher.

Puis, montrant un autre angle de son tablier de narcotiques, et sortant des sortes de bâtons de réglisse, et un petit cactus, il nous a dit qu'il avait aussi des plantes à l'état naturel. De l'ayahuasca et du peyotl, si on pensait que l'on pourrait le vendre. Des choses qui viennent de chez lui.

– C'est où chez toi ? je lui ai demandé.

– C'est Hermosillo, au Mexique. Dans le Nord, vers la frontière. Mais maintenant, je ne sais plus, ça fait trop longtemps que je suis ici.

C'est là qu'il m'a regardé, et il a dit : « Tu penses que je viens d'où ? » Moi, j'ai juste dit que je ne savais pas, mais qu'il n'avait pas l'air de bien le savoir lui-même. C'est alors que j'ai vu que ses yeux étaient fixés dans les miens, mais pas d'une manière normale, comme si une vitre transparente de demi-jour passait entre lui et nous.

J'avais l'impression d'avoir perdu le fil de quelque chose. Flock et le Manouche souriaient étrangement. Le tartouf de ce gars nous faisait à tous un effet bizarre. Mais voyant que ces deux sourdingues avaient curieusement l'air de s'entendre, j'ai compris que c'était sur la base de leur désordre qu'ils pourraient trouver une prise. Les poignets du gitan étaient mal finis. Flock m'a regardé, et dans ses yeux, j'ai vu qu'il avait compris que cet éphèbe de Manouche avait un air légèrement coquine dans la manière de se tenir, et avec ses cheveux mi-longs, de loin, on n'aurait su dire s'il était fille ou garçon. « Pas baisant », avait dit Flock quand je lui ai demandé ce qu'il en pensait de cette affaire, alors que nous nous étions mis de côté un instant. Puis, revenant vers le gitan, Flock lui avait demandé ce qu'il faisait à Paris. Le Manouche était sorti de son désert parce que les drogues, au Mexique, cela n'a rien à voir avec un trafic illégal, c'est quelque chose avec de la mémoire et des rituels. Il était d'abord parti vers la capitale, à vendre des chaussettes au mercado de la Merced. Puis il avait un peu vécu à La Havane, puis à Almería en Espagne. Il était arrivé ici il y a une dizaine d'années, adolescent. Il avait commencé à tapiner avec les Colombiens qui opèrent de La Fourche au boulevard Bessières, puis dans un garage de la petite couronne, et s'était rangé maintenant dans le retapage de vieux meubles anglais chez les antiquaires de Saint-Ouen.

Je sentais que Flock voulait faire affaire avec le Manouche, mais il flairait encore qu'il pourrait y laisser une couille. Rien de plus cliché qu'un vendeur de drogue mexicain pour se mettre la confiance, c'est tellement gros, je me suis dit, que cela ne peut pas être fabriqué. Le Manouche semblait à la fois frêle et en grande santé. Ses gestes étaient un condensé d'insoumission. Il avait un surplus de vie, et j'ai remarqué que les ongles mal coupés de ses mains avaient encore un peu de ce cambouis que j'avais connu chez mon père. Il y avait un contraste entre ses mots calmes et son attitude posée et le mouvement rapide de ses bras, l'attention alerte de son torse. Le Manouche, Flock et moi, nous devions avoir le même âge, entre vingt-cinq et trente ans, mais il y avait quelque chose chez ce Nord-Américain qui avait gardé davantage de tissu nerveux.

En y repensant, ce qui m'a frappé chez le Caló, c'est qu'il semblait débarrassé depuis longtemps des chimères qu'on avait voulu lui mettre sur le dos, ces idéaux qui s'accrochent à nous comme des poux, qui traînent partout dans les rues, que l'on attrape dans une conversation de restaurant, dans une salle de cinéma, dans une salle de classe un après-midi quelconque, sans que nous y prenions garde. Ces images, qui produisent des rêves creux, tombent sur nous comme des tiques, nous engriffent le crâne puis nous mènent là où elles veulent. Flock et moi, nous portions encore nos fétiches, courbés, sur notre dos, cela se voyait. Ces lourdes chimères s'accrochaient à nous, leurs griffes dans nos yeux. Elles pouvaient être minuscules, comme de petits rêves, espoirs, attentes, de petits moments de réconfort à l'idée d'une retrouvaille. Elles pouvaient être lourdes et écrasantes comme de grands rêves, ceux avec lesquels on veut se forger un destin. C'étaient nos démons. Mais tous les jours, nous nous faisions chevaucher. Ces chimères qui s'enfonçaient dans nos têtes, nous ne les sentions même plus, nous avions oublié de les voir pour ce qu'elles étaient : d'énormes rêves parasites dont nous étions les proies, qui nous tenaient la tête et nous guidaient là où elles voulaient aller. Ce n'est pas nous qui nous nourrissions de ces chimères, c'est elles qui se nourrissaient de nous, nous étions les cigarettes qu'elles fumaient. Le Manouche s'en était débarrassé, et il ne semblait plus avoir rien à espérer. Il se fumait tout seul.

Le Manouche nous a invités dans un petit fast-food quelques rues plus loin, porte de Clignancourt, un restaurant ivoirien, pour sceller notre affaire. C'était un endroit pourri, peut-être le seul de Paris où Hemingway n'avait pas voulu aller manger. Ils servaient un poulet braisé aux bananes plantains, mais du poulet, on n'a mangé que la braise. Ce jour-là, j'ai trouvé que le Manouche avait un air chinois. Mais les Africains semblaient penser qu'il était de chez eux. Tout le monde le connaissait. Je sais maintenant que sa peau mate, ce sont les ombres sur son visage, et ses yeux, c'est simplement un peu de ce morceau de vitre découpé grossièrement dans le fond de l'air, sur lequel je ne cesse de me cogner depuis toujours. Pendant le repas, il m'a regardé d'une manière inhabituelle. Il m'a dit que j'avais des épaules carrées, que ce qu'il aimait chez un homme, c'était la ligne du rapport entre les épaules et les hanches, et que la mienne était comme il fallait. J'ai fait mine de ne pas comprendre ce qu'il disait et je me suis dépêché de manger pour que disparaisse l'effet maraboutée de son joint. Il m'a mis les mains sur les deux épaules en ajoutant que ses amours aussi faisaient des boucles, comme celles de mes cheveux. J'ai reculé légèrement et me suis remis sur ma chaise. Il m'avait foutu mal à l'aise. Alors que Flock et moi étions déjà à notre deuxième pinte, il n'avait pas touché à son verre.

Flock lui a dit qu'il n'était pas là pour se faire des amis, mais qu'il cherchait seulement des gens clairs et sans histoires. Le Manouche lui a répondu qu'il avait toujours aimé la transparence, et Flock était parti fumer dehors. Depuis un moment, il semblait énervé et méfiant.

Je suis resté seul avec le Manouche. C'est alors qu'il m'a lancé d'un accent qui s'est cassé péniblement contre les consonnes, comme un secret :

– Tu as le *duende*.

J'ai péniblement tenté d'avaler un morceau de poulet braisé, mais je n'ai senti passer que les braises éteintes.

– *Duende*. Qu'est-ce que ça veut dire ?

– Le *duende*, c'est un démon. Certains disent qu'il est fait de la moelle des formes. Il tourne autour des plaies. Tu as des plaies.

– J'ai perdu ma mère, enfant.

– Alors, ce doit être ça. Moi aussi je l'ai attrapé, j'étais encore jeune. C'était sur une route déserte, au Mexique. Je me suis retourné et il est entré dedans. Chez moi, il est rentré par le cul. Je le sais, c'était un jour, vers le désert de Ciudad Obregón.

Son visage s'est avancé vers moi, ses joues avaient été comme creusées autour de sa mâchoire, par des coups, et ses tempes saillaient comme si on avait mis un autre crâne que le sien sous sa peau. J'ai senti qu'il voulait approcher ses lèvres, et son souffle m'a semblé tout près. Je me suis reculé et je l'ai regardé sans répondre.

Le Manouche a dit que vers Ciudad Obregón, il y a des morgues à ciel ouvert, des restes de corps et des os partout dans le désert, à peine recouverts de sable, parfois même dans les parcs publics. C'est là qu'il l'avait attrapé, le *duende*. Certains sont immunisés et peuvent passer, sans le savoir, une vie entière à côté d'une personne au ventre enflé de *duende*, alors qu'il suffit, à ceux qui sont vulnérables au poison, d'un simple éraillement de voix pour se faire emporter. J'ai pensé à la voix usée d'Amalia. Peut-être que le *duende* venait aussi de là.

– C'est depuis ce jour que je suis pédé, a-t-il continué. Je devais avoir dix ans. Je me suis tout d'un coup posé la question, un soir en rentrant de l'église : les anges, pourquoi ont-ils un cul s'ils ne chient pas ? On ne chie pas au paradis. Non ? Alors, je me suis dit, c'est pour nous les pédés, pour qu'on puisse atteindre un peu de pureté après cette vie. Qu'ils n'aient pas de sexe, ce n'est pas un problème, ce qu'il faut expliquer, c'est qu'ils aient un cul.

Je ne sais pas de quoi parlait le Manouche. Je ne sais pas si ce qu'il disait était vrai, je ne sais pas si c'était un homme à qui l'on pouvait faire confiance. Mais son démon tournait dans ses yeux clairs, et cette première fois où je l'ai rencontré, il m'a regardé un instant, hésitant, raide comme un serpent à découvert.

Flock est revenu. Toujours ombrageux, il s'est assis et est resté un moment pensif. Puis il a dit au Manouche, en finissant quelques bananes plantains :

– *Va bene*, tu es carrossier, pute, docker, tu n'es pas boulanger non plus ?

– Non.

– Alors, c'est bien, il ne faudra pas me rouler dans ta farine.

Le Caló n'a rien dit. Il l'a regardé, puis a souri. Nous sommes retournés dans les petites rues de la porte de Clignancourt, et le Manouche a apporté un kilo de résine qu'il a coupé devant nous, et il en a ajouté encore en cadeau de bienvenue. Flock a fini sa cigarette en lorgnant au-dessus des toits, puis a sorti deux billets de cinq cents euros. C'est ainsi que leur première affaire a été conclue.

Je ne sais pas ce que sont ces *duende*. Nous les traînons peut-être à nos chevilles comme des restes de météorites. Mais quand je suis rentré ce soir-là, je n'étais pas bien, comme si les mots de ce Caló avaient enlevé un faux plafond au-dessus de ma tête, et que la nuit tapait maintenant directement sur les tempes. Je sentais de plus en plus cette obscurité de l'hiver comme un enfoncement du ciel qui n'avait pas eu le temps de s'évaporer, de cette matière solide à partir de laquelle nous nous créons du souffle, par moments, cela nous semble un chagrin si ferme, si dense, que nous savons qu'il n'y aura aucun moyen de traverser cette chose, ni de la contourner. Alors, nous nous arrêtons, pétrifiés par ce fond d'air insalubre. Ce doit être un peu de ce fond nébuleux que l'on ne voit pas qui fait que des avions explosent en vol sans raison. On ne peut pas le traverser. Qu'en savons-nous ? Je voudrais dire à Amalia que maintenant j'en ai les yeux pleins de cette nuit épaisse et que j'aimerais qu'elle revienne.

Il pleuvait depuis des semaines. La Seine montait. Le RER C, qui traverse le fleuve vers Passy, roulait si lentement l'autre soir que j'ai eu l'impression de rentrer en kayak. Dans quelques mois, ce serait la crue du siècle, comme celle de 1910. C'est ce que disaient les journaux. Mais on lisait mieux ces informations dans les yeux des rats qui arrivaient, et qui remontaient jusqu'au *Limo*, le restaurant en bas de notre immeuble. Ils donnaient des nouvelles de ce qui se passait plus bas. Et quand l'eau serait à la hauteur de Montmartre, Marie, la serveuse du *Limo*, m'a dit qu'elle irait se mettre chez nous, là-haut, au septième étage, pour fuir toutes ces bestioles. Je lui ai dit qu'il y avait de la place pour tout le monde. Elle a répondu par un sourire. Je ne sais pas si Amalia lui avait raconté qu'elle allait partir. Peut-être ne le savait-elle pas encore.

Je ne comprends pas ce que sont ces *duende*, mais la conversation avec le Caló, ce jour-là, a commencé à effacer la frontière entre les choses, et, en montant les marches du vieil escalier jusque chez moi, je ne savais plus très bien si les craquements étaient ceux des marches de bois ou ceux de l'intérieur sec de ma plante de pied. J'avais l'impression que les murs gris-blanc des étages m'absorbaient comme des éponges. Quand je suis arrivé, Amalia n'était toujours pas rentrée de chez ses tantes. Il était tard et elle ne rentrerait pas ce soir. J'ai bu beaucoup de vin. Sous la douche brûlante, entre les quatre murs de vapeur, quand l'eau est partie au fond du siphon, j'ai murmuré des syllabes sans sens, comme du langage pris par le dessous, raclé avec un peu de carrelage. Je chantais : « Ella ella alla ella alla ale » Mais les mots ne disaient rien. Seulement que le nom d'Amalia, je ne l'oubliais pas.

À partir d'un moment, à force de vin, un son aigu comme un bruit de craie sur l'ardoise m'a fait de la froidure dans les dents et les idées ont commencé à passer comme des fils barbelés près de mes sourcils, comme si cette Chose que le Caló avait nommée le *duende* était entrée par effraction. Il m'avait dit que, chez lui, au Mexique, on racontait aux enfants que le *duende*, c'est une ombre qui marche à l'envers, tournée vers le centre de la Terre, sous les semelles. C'est ce que l'on disait aux enfants, mais cette Chose est bien plus mauvaise que tout ce qu'on peut en dire. Elle n'est faite ni de matière ni de pensée. Elle a une voix saugrenue, elle remue, elle a de l'haleine, elle est visqueuse. Elle est venue ce soir avec sa chaleur électrique d'anguille et une sorte de visage aussi attrayant que la mâchoire ridée d'une murène. J'ai alors entendu une voix plus épaisse et plus intime que celle avec laquelle je me parle. Je ne me souviens plus exactement ce qu'a dit ce *duende*, mais cette première fois, j'ai répondu machinalement : « L'ami, je n'ai pas le temps de te parler maintenant. Je suis occupé. » J'ai vidé d'un coup la fin de la bouteille de rouge. C'est une chose curieuse quand on y pense. Je veux dire cette conscience, cette voix. C'est un mystère plus épais que la présence des objets, parfois elle est là, parfois on ne l'entend plus parce qu'on n'y prête pas attention. Mais elle revient toujours. C'est la première fois, ce soir-là, que j'ai entendu cette voix plus proche de moi que moi-même, comme un rire. Je me suis répété *Qu'est-ce que cette chose ?* et je me faisais chatouiller à blanc, à l'intérieur de la tête. Il me fallait des réponses et je n'en trouvais pas, alors ça continuait de me chatouiller. *Qu'on le fasse encore se gratter, le petiot.* Puis ce quidam m'a laissé en plan, comme un os à moitié rongé. Je ne savais plus trop si j'avais envie de dormir ou de pleurer. Je me suis étendu cahin-caha, et au milieu de la nuit, je me suis réveillé pour sortir du canapé. Je me suis regardé dans la glace en me lavant les dents. J'avais des tifs de héron, comme si j'avais mis les doigts dans une prise.

– 5 –

Décembre 2015

À partir du mois de décembre, j'ai été chargé d'aller le jeudi chez le Caló, à Saint-Ouen, récupérer les provisions que Flock estimait nécessaires pour la journée du vendredi, qui était la plus grasse, car les lycéens du quartier, des petits gars de bonne famille, recevaient généralement leur argent de poche et reconstituaient leurs stocks pour les soirées du weekend. Je partais quand je voyais à la fenêtre le soir qui s'apprêtait à trébucher, de ces chutes vertigineuses des jours d'hiver, quand se forment silencieusement dans le fond de l'air des écroulements gelés de marbre froid comme des plaques de verglas, et une catastrophe survient généralement sans prévenir, comme si la nuit avait glissé sur un angle droit, tout le long d'un mur, et s'écrasait d'un coup sur le sol à dix-sept heures trente-deux. C'est ce que l'on nomme un événement. Ces soirs d'hiver tombent comme des événements.

Autrefois Flock allait s'approvisionner directement dans la fournaise de Saint-Ouen, un des quatre fours de la

Seine-Saint-Denis, comme ils les nomment, ces endroits aux portes de Paris brûlant sous leur chape grise, à peine éteints au matin, qui fument encore de la petite misère, celle qui ne vaut même pas la peine qu'on se révolte, le petit chômage, les trafics et le temps qui traînaille entre les tours sans qu'on ne sache plus quoi en faire. C'est dans un de ces fournils que Paris se fournit, c'est son marché à ciel ouvert, spécialisé dans l'herbe, avec ses horaires d'ouverture, ses centaines de gars en survêtement, en casquette et en Stan, tous les trois mètres, avec leur provision plastifiée un peu plus loin dans la fissure d'un mur, et l'immense majorité, attendant là sagement du matin au soir, comme devant des étals à légumes, avec un écouteur dans l'oreille et moins d'animosité que n'importe quel épicier de Neuilly, essayant seulement de tirer de toutes ces barrettes de temps mille ou deux mille euros de bicrave par mois, d'éviter les descentes de flics et caméras de télévision qui parcourent toutes les deux semaines le bitume à la recherche d'épouvantails à bourgeois.

Pour voir la plupart des gars qui vendent dans ces coins, il faut monter chez eux, ils ne font pas le trottoir, ils matent des séries en attendant qu'on sonne. Avant de rencontrer le Manouche, j'accompagnais Flock, entre deux tours de l'Île-Saint-Denis aux hautes façades de fenêtres uniformes faites sur mesure pour des travailleurs assignés à la mise en ordre hygiéniste. On montait chez Momo, rue du Docteur-Bauer, pour récupérer un peu moins d'un kilo toutes les semaines. Le gars était souvent chez lui, avec des potes, à passer le temps, il y avait des gamins dans une autre pièce, qui regardaient la télévision, et attendaient que leur mère finisse sa journée de ménage dans les bureaux derrière le périphérique. Momo était un gars calme, plutôt mou, qui mixait des samples qu'il tenait à nous faire écouter, avec des basses pour faire trembler toute la tour, et qui préférait vivre comme ça parce qu'il disait que, de toute façon, ses potes qui travaillaient pour Uber ou Foodora ne se faisaient que cinq euros de l'heure. Il voulait accumuler suffisamment pour sortir par lui-même du four, aider un peu sa mère, aller vers Paris, se faire un peu de maille, s'installer quelques mètres plus loin, voir du pays quoi. Mais il n'arrivait jamais à garder sa caillasse, qu'il disait, parce que quand tout le monde te paye en liquide, tu te dis que tu peux aller t'acheter les pompes que tu veux, et tu te dis qu'on commence à s'élever avec de nouvelles fringues, et qu'à la fin, de toute façon, on se fait tous cintrer par le marché.

Les rues Cordon et Bauer, c'est des fours, parce que tout y brûle, y fond, ça transforme la connerie en autre chose, rapidement, et puis on y cuit de ces barrettes brunes, faites de cette mauvaise herbe qui pousse partout, sous les néons des placards. Mais la majorité de ces gars, tout ce qu'ils veulent, c'est avoir la même maille, les mêmes boulots pas trop pénibles que ceux des mecs des quartiers un peu plus bas, derrière le périphérique. Et plus personne ne sait maintenant comment éteindre ces boulettes, alors chacun se les roule sous les aisselles et les fume, les flics ne font plus rien d'autre que se promener dans ce ciel gris sur fond gris, revenir plus tard le soir acheter pour eux, quand ils ont fini de consommer les réserves du commissariat, et quand les gars du ministère s'étaient mis dans la tête de faire payer les consommateurs plutôt que les vendeurs, ils se sont rendu compte que ce seraient des millions de Parisiens et de banlieusards par an qu'il faudrait faire passer au petit poste de Saint-Ouen.

Le commerce de Flock prospérait depuis qu'il se fournissait chez le Caló, et tous ses clients reconnaissaient que c'étaient les meilleures lentilles qu'ils avaient goûtées de l'époque où on les faisait maison. Avec le succès de ce tartouf, les clients attendaient longtemps dans le square Cavaillé-Coll, et si j'avais pu, je les aurais mis en file indienne sur les marches vers dix-huit heures, quand ils arrivaient après les cours ; mais les grands-mères venaient aussi à cette heure pour le sacrement sauver une partie de leur âme, et elles auraient pensé qu'on organisait un mariage de rastaquouères.

J'atteignais souvent Saint-Ouen le jeudi vers cinq heures et trouvais le Manouche en train de fixer les poignées des tiroirs d'un vieux bureau, de poncer et de vernir des pieds de chaise, briquer un châlit de fer, aplanir la marie-louise d'une moulure de bois, ou monter les planches d'un sommier. Il aimait travailler le bois, ça se voyait. Il avait de la patience, de la précision et de l'intelligence dans les doigts. En regardant ce bohémien travailler ses meubles, je sentais que nous avions trop peu d'égard pour nos doigts, peut-être parce qu'ils appartiennent à ce corps dont nous faisons peu de cas, parce que nous savons qu'il faudra le rendre, mais son intelligence entière était là, dans ses deux pouces fuselés. Houphouët était parfois à ses côtés, en train de nettoyer les bouquins qu'il récupérait durant la semaine dans les vide-greniers des quartiers de l'ouest, pour les revendre sur les quais. Houphouët ne revendait que de vieux bouquins sur l'histoire de Paris, chaque bouquiniste a sa ligne, et lui commençait à en connaître un paquet, il avait souvent des histoires à raconter sur chaque rue de la capitale, même s'il n'y avait jamais mis les pieds. Il étalait tous les ouvrages sur une petite couverture devant l'entrée et faisait des piles, écrivait ses prix au crayon sur le feuillet de garde, puis les enrobait d'une sorte de papier kraft, bien plié sur les bords. Il y avait d'autres gars au fond de la boutique de l'antiquaire, mais ils ne s'approchaient jamais de la chaise longue du Manouche à l'entrée, et travaillaient dans une petite cour de l'autre côté de l'échoppe, donnant sur une autre rue des puces.

Avec les semaines, le Manouche me donnait des quantités de plus en plus généreuses de ses olives de marie-jeanne, me disant, au début, que c'était parce que je lui rappelais son frère et que c'était une manière d'honorer sa mémoire. Je sentais parfois, quand ses yeux se posaient sur moi, qu'une nostalgie venait le déranger, qu'un souvenir se mettait entre nous et les heures du soir dans lesquelles nous nous trouvions coincés, tous les deux. Avec le temps, ce souvenir est sorti de ses yeux caves, et alors que je parlais, je sentais qu'il ne m'écoutait plus mais m'observait sans rien dire. Puis, après quelques semaines, j'ai su qu'il m'attendait sur sa chaise longue, car il se levait de loin, quand j'arrivais.

Une fin d'après-midi, alors que la nuit allait tomber et que nous buvions des canettes de bière, sur un trottoir, près des rails de la petite couronne, je lui avais demandé de me parler du *duende*.

– C'est pour ceux qui se sont désaxés. Tout ce qui a du noir a du *duende*.

– C'est une sorte de démon ?

– Il n'est ni bon ni mauvais. Il ne guide pas et il n'aide pas. Il ne sert à rien. Il tourne sur lui-même, sans direction.

– Mais comment on s'en débarrasse ?

– On ne s'en débarrasse pas. On vit moins bien une fois qu'il est là.

Il s'était arrêté de parler et avait regardé une bouteille de verre, traînant sur un bord du trottoir comme si sur le reflet de ses flancs et, en miniature à l'intérieur, se tenaient Clignancourt et son ciel.

– Dans le village d'où je viens au Mexique, il y avait une femme que l'on nommait Lilibeth. Ses cheveux étaient aussi durs que de l'émail. Elle disait qu'elle s'occupait des *duende* et qu'elle parlait avec les ombres. Je l'ai vue faire. Elle jetait de l'eau de pétales de *clavel* sur le corps, pour que l'esprit ne dévore pas ce qui reste. Elle découpait les ongles du défunt pour les distribuer à la famille, et que le *duende* s'éparpille.

Il s'était immobilisé et avait tiré du tabac de sa poche. Il avait des gestes brusques, les cheveux sales, des taches noires sur la joue, quelque chose d'usé dans la voix, et ses pensées semblaient aussi crasseuses que ses doigts. Il se raclait les sinus en reniflant, puis crachait devant lui pour marquer son territoire. Ce gars serait un cancer dans les artères de Saint-Germain-des-Prés, une plaie dans les allées de la petite couronne, et je sentais qu'il faisait des efforts, quand j'étais à ses côtés, pour se tenir. Il m'a parlé de son frère Marcos, comment, un soir, il avait disparu et on ne l'avait jamais revu. Il m'a dit qu'il y avait des âmes viciées dans ce coin du monde où pullulent les *duende*, que je ne pouvais pas comprendre, et j'ai pensé que ce qui était surtout incompréhensible, c'est que le Manouche ait pu croire que mon âme avait échappé aux vices de forme. Il aurait dû savoir qu'elle avait été coulée dans le même moule que toutes les autres.

J'ai regardé devant moi. J'ai pris sa cigarette en silence. Et je lui ai dit :

– Et le *duende*, c'est à cause de ton frère ?

– Je ne sais pas. Peut-être. On sème des cendres et on fait pousser des démons. Mais moi, comme dit la chanson, *no soy marinero*, *soy capitán*. Et je suis parti vers treize ans, au District fédéral.

– Il a quoi comme forme ?

– Quoi ?

– Le *duende* ?

– Il est fait de la moelle des formes. Il n'a pas de forme. Il est juste là pour te mettre en contact avec quelque chose d'autre.

Je ne sais pas pourquoi les histoires du Manouche me

rassuraient. C'est parce que je n'y comprenais rien. Sur cela, il avait eu raison. C'est que j'avais encore le choix à cette époque de ne pas prendre ces histoires de voix au sérieux. Je pouvais encore choisir : dire que c'était un délire, dire que c'était un démon. Écouter une voix, c'est toujours une sorte de choix silencieux. On ne sait pas d'où elle sort. L'un entend une voix qui lui demande de tuer son fils et une autre voix qui l'en empêche. À laquelle faut-il faire confiance ? Ces voix, c'est tout ce que nous avons, au début de la vie, quand nous ne comprenons pas encore les mots. Avant de savoir parler, nous avons choisi d'écouter des voix sans savoir ce qu'elles nous voulaient. Et nous avons décidé de leur faire confiance. C'est encore ce que nous faisons quand nous lisons, nous cherchons une voix, nous lui faisons confiance sans savoir où elle mènera.

*

Amalia et moi nous disputions avec ferveur. Nous n'avions besoin ni d'amis ni d'ennemis, nous remplissions tous les rôles. Je savais que dès qu'elle retrouvait son *mojo* – et elle l'avait la majorité du temps –, elle était la fille la plus douce, la plus lumineuse, la plus tordue, la plus ensoleillée que Toudouze ait connue, elle était adorée de tout le monde ici, n'était pas seulement aimée mais suscitait souvent de l'emportement. J'ai vu des gars lui offrir des fleurs qu'ils avaient prévues pour une autre, seulement alors qu'elle était assise là, et qu'eux passaient par là. Il y avait toujours quelque part quelqu'un qui avait envie de lui adresser la parole, et surtout, elle avait toujours envie de la rendre. Tous les deux nous étions une forme singulière de vie, un essai, qui pouvait durer, se reproduire, ou mourir sans que personne ne s'en souvienne jamais. Les êtres fragiles résistent aussi par je ne sais quel miracle, et ce qui importait était cette chose tellurique qui nous tenait en équilibre sur notre toit. Elle nous liait par des fils invisibles comme l'imprégnation diffuse du vert des arbres de la place Toudouze qui montait et se calait dans un enfoncement de la cuisine. Cet appartement nous appartenait par cette couleur plus que par tout autre contrat. Ce qui nous avait fragilement attachés l'un à l'autre, je crois, ce n'était pas le vœu d'un amour éternel mais de résonner par fidélités corpusculaires, des attachements simples, sans dévotion, comme à un sourire, à une voix humide après une dispute, un iris sans couleur perdu le matin, nous étions sans effort, tous les deux, à la hauteur de ces événements imperceptibles.

Le reste du temps, nous pouvions nous quereller sans souci. Cette électricité qui passait entre nous, ça ne faisait ni mal ni peur. Tous les autres semblent craindre les tensions, parce qu'ils n'ont pas le temps de s'en occuper, et qu'ils s'imaginent que ces voltages sont douloureux ou prennent trop de force, alors ils préfèrent s'endormir dans la paix et le calme pour oublier ces émeutes intérieures. Mais elles ressortiront dans leurs rêves comme des soleils de nuit. Amalia et moi nous endormions comme des bébés après avoir vidangé un peu de nos humeurs bagarreuses. La vie n'est que tensions, ne dit-on pas que Polémos, le dieu de la discorde, est le père de toute chose, que la vie ne naît qu'après avoir lutté ? Souvent, Amalia jurait que je pouvais aller me faire voir pour qu'elle mange avec moi. Et quand il n'y avait de toute façon rien dans le frigo, je sortais et allais prendre un sandwich chez Ibrahim, et c'était toujours elle qui restait seule là-haut sans manger. Les meilleurs jours, on se réconciliait et je lui rapportais quelque chose. Les mauvais jours, je rentrais et elle dormait déjà.

Parfois il y avait plusieurs visages sur sa figure, d'autres mondes perçaient sous ses traits, comme ces hologrammes que nous bougeons légèrement pour faire apparaître l'un ou l'autre dessin, il y avait plusieurs voix enfermées dans sa voix, et une saturation de vie apparaissait en rouge sur ses joues, elle, qui avait grandi loin d'ici, près d'anciennes montagnes, que ses tantes appelaient encore « la fillette du volcan ». Elle avait du vague à l'âme ou des vagues à l'âme, on ne savait pas très bien. Je me souviens d'une conversation qu'elle avait eue un soir avec une femme qui se nommait Rose, la voisine quinqua du dessous. Elle était venue manger chez nous avec Louise, une des deux tantes d'Amalia. Rose avait passé son temps à nous dire qu'elle savait désormais éviter les personnes toxiques, que ses deux divorces lui avaient appris à les repérer. Rose se retrouvait maintenant à devoir boire seule le soir, dans son appartement vide, un thé japonais au nom impossible, à faire des semi-marathons et du Pilates, et devoir méditer pour oublier tout ce qu'elle avait été obligée de faire dans la journée. Elle répétait qu'elle ne cherchait maintenant plus que de « belles » âmes, des âmes « lumineuses », et Amalia lui avait demandé ce qu'ils avaient tous avec cette lumière mielleuse. Rose cherchait la lumière parce qu'elle vivait terrorisée, et ne semblait pas savoir que le tissu de l'âme d'Amalia n'était qu'un grand muscle, fait pour frapper, il n'avait besoin de rien d'autre pour chauffer qu'un peu de contradiction. Amalia avait répondu qu'avec elle, et tous les new-agers, les morosophes, on allait finir par se faire calciner dans une cellule de chartreuse, sous un arc-en-ciel, dans la lumière cosmique, et qu'on serait tous bien contents parce qu'on s'emmerderait à mourir dans cette indifférence pâtissière qui donne la nausée. Cette Rose avait dû ranger Amalia dans les cas toxiques car on ne la recroisa plus dans la cage d'escalier. Amalia préférait rester sous le soleil exactement, là où il rôtit, là où on ne peut se cacher nulle part, et laisser les fatigués à leur fatigue, à dormir dans les sommets, les terrorisés à leur terreur, les transhumanistes, les indifférents, les restes de ce qu'il y a de pire chez les chrétiens, ceux qui n'ont pas réussi à se débarrasser de l'idée de perfection, les laisser s'éloigner de tout ce qui a un peu de patine dans ce monde. Et pour Amalia, cette histoire de feu sacré et d'âme lumineuse, c'était comme quand l'on sort trop tôt les vins d'une cave, on sait qu'ils peuvent prendre, comme on dit, un mauvais goût de lumière.

Je m'emportais aussi souvent qu'elle, pour un rien, j'étais inconstant, impatient, et je badais. Quand j'étais fatigué, je m'endormais sans demander mon reste au milieu d'une conversation. Elle essayait de me relever, de me mettre des claques pour me réveiller, mais rien à faire, la fumée de mes joints était trop épaisse et une fois que j'étais entré dans ces brumes, je ne pouvais en sortir avant le lendemain. J'avais aussi le don de l'énerver pour avoir transformé notre chambre en caverne-atelier où s'entassaient mes masses de brouillons d'estampes, mes mobiles-mal-réussis, les seuls que je savais faire, entre lesquels elle devait chaque jour frayer son chemin. Il m'arrivait aussi souvent de sortir sans prévenir si je rentrais ou pas, d'oublier de prendre le téléphone ou les clefs. Pour se venger, elle demandait des choses insensées : aller la chercher dans une gare à une heure de Paris chez ses tantes un dimanche matin, alors qu'il lui suffisait de prendre un train de banlieue. Si je ne le faisais pas, elle me posait des ultimatums de chipie, elle en tirait un argument à réutiliser plus tard. J'y allais moins par peur de ses représailles que par goût de quitter Paris en train. Il n'y a pas si longtemps, j'ai apporté chez le vétérinaire un chaton qu'elle avait trouvé, tombé d'une gouttière sur la place et qui bougeait à peine. Elle voulait tout faire pour le sauver. Le vétérinaire avait pris deux cents euros pour l'euthanasie. Nous avons bloqué le mécanisme du compteur EDF avec une épingle à nourrice pendant deux mois pour financer la mort du chat. Nous sommes-nous vraiment disputés en réalité ? M'a-t-elle quitté ? Tous ces souvenirs sont maintenant recouverts d'une étrange charpente de rêve, mais ce qui ne s'effacera pas, ce sont toutes ces secondes avec elle, à passer ces années dans un lit aux lattes cassées, sans avoir besoin d'autre poésie que sa prodigieuse manière de ponctuer les phrases.

Avec Amalia, j'étais contre-étiré entre moi et moi-même, mais ce n'était pas désagréable, ça me faisait penser à ce que je pouvais bien être : que je fasse une chose ou l'autre, ce ne serait jamais juste. Il fallait alors simplement arrêter de faire. Il est arrivé qu'elle ne veuille pas ouvrir la porte de l'appartement et décide de me laisser passer la nuit sur le palier. Nous nous saluions ainsi avec le voisin, moi, adossé contre le mur de ma porte et lui s'essuyant les pieds sur son paillasson, pensant que j'avais une nouvelle fois oublié mes clefs, mais entendant l'inexplicable brouhaha qu'Amalia faisait avec les casseroles dans l'appartement. Cela est arrivé une fois au milieu de l'hiver, et ce soir-là, grelottant sur le paillasson, les lèvres violettes, je m'étais juré de la quitter. Je m'étais résigné à sonner chez la Lardel, la voisine chez qui nous lavions notre linge, et avais dormi sur son canapé. Amalia s'en était voulu le lendemain, et ma décision de me séparer de cette fille volcanique qui me mettait de son feu dans les veines, n'avait tenu que jusqu'à la tombée du soir suivant, et nous nous étions retrouvés sur notre petite terrasse, avec les manteaux rouges du crépuscule et sous les combles sans fond du soir.

Amalia était une queue de comète. Je ne pourrai jamais aimer personne d'autre. S'aimer soi-même, aimer les autres, faire du bien autour de soi, toutes ces conneries, Amalia ne voulait pas en entendre parler. C'était la princesse de la place Toudouze, la petite *queen* de South Pigalle. Jamais je n'ai pensé que je pourrais être plus heureux que là, avec elle et nos finances éparpillées sur le parquet, sans peur de rien. Nous n'aurions pas pu tenir ensemble si nous n'avions pas eu ce temps à la chicane, à nous disputer jusqu'à tomber de fatigue, et nous mettre chaque jour de l'électricité dans les veines, nous embraser pour des idées absurdes et puis nous refroidir à les regarder mourir à force de paresse. Cette organisation généralisée du travail dans laquelle les autres baignent, elle nous fournit des manuels de bien-être à tout-va pour aimer, pour s'écouter, pour éviter les conflits, mais c'est surtout, je crois, pour se consoler de dépenser autant d'énergie à l'extérieur, alors que nous pourrions tout simplement lutter jusqu'à s'aimer.

– 6 –

Janvier 2016

Depuis quelques temps, le venin du Caló s'immisce dans mes pensées, stagne sous la peau, frelate et nécrose en suscitant chez moi de la colère et des irritations. De fond de l'air s'épaissit. Il se forme un couloir venteux, et au bout, une porte contre laquelle je ne cesse de me cogner. Cette porte mène vers une autre zone, et parfois, d'un coup, je tombe de l'autre côté sans comprendre comment. Je me rends compte alors que je suis dans le même lieu que celui que je viens de quitter, et que rien ne diffère de l'espace où je me trouve. J'ai l'impression d'entrer quelque part, en même temps, il devient évident qu'il n'y a pas deux endroits séparés, ni de passage entre les deux, parce que cette épaisseur dans l'air ne donne pas sur un territoire, mais sur un lieu sans bord ni frontière, qui a depuis longtemps envahi ce fond de cave où je tourne en rond. Arrivera le jour où cette zone silencieuse, sans contour, aura tout englouti, sans que je m'en rende compte.

Amalia et moi avons eu cette dispute à laquelle je n'étais pas préparé, que je n'avais pas crue possible. Elle est partie maintenant, mais je sens qu'elle respire encore partout dans l'appartement, qu'elle sort la nuit des murs contre lesquels elle s'est appuyée, qu'elle tire les tiroirs. Partout, ça me dit : « Laisse-la partir. » Le vide dans le salon, l'ampoule éteinte de la chambre, la rambarde de l'ajour qui ne retient plus personne de tomber. Les mouettes aussi, comme des danseuses de corde sur la toiture, tapent de leur bec jaune sur la tôle, pour l'ouvrir et faire rouler le ciel contre le parquet. Elles disent : « Laisse-la s'en aller, tu ne peux plus la retenir maintenant. » Les rues sont ouvertes. Mais mes doigts continuent de serrer le drap. Je ne dois pas les écouter. Hier soir, alors que je venais de m'ouvrir le bord du pied contre un débris de verre dans la rainure du parquet, une de ces assiettes que nous avions brisées autrefois, j'ai crié son nom à elle, Amalia, jusqu'à ce que toutes ces voix et ces murmures s'endorment. *Amalia.* Je leur répéterai son nom encore quand elles se réveilleront. Je le répéterai quand plus personne ne voudra l'entendre.

*

Notre dernière dispute a éclaté à cause d'un travail que je n'avais pas su garder. Une de ses tantes m'avait trouvé un boulot tour Montparnasse pour rembourser nos loyers impayés et les frais qu'avait engendrés le projet de la revue d'Amalia. C'étaient des tâches simples de photocopie et du café. La veille de mon premier jour de travail, de la fenêtre de notre appartement, sur les flancs du IXe arrondissement, j'ai vu un épais brouillard sortir de la tour Montparnasse comme du haut-fourneau d'une cheminée de brume, comme d'une forge de fonte, comme si cinq grandes ombres s'étaient échappées des bureaux. C'étaient des haillons de ciel gris, d'une facture étrange, ni de matière ni de pensée, sortis de l'endroit exact où l'air faisait un nœud. Ce qui s'est échappé de la tour, quand je l'ai observé au-dessus des toits, ce n'était pas un objet mais des morceaux de cette pollution froide, qui, mélangés à l'haleine de la rue de Rennes, longent les toits en raclant la suie de radiateurs brûlés, pour descendre essorer leur jus de serpillière dans la Seine.

J'ai commencé à travailler pour une boîte de *cloud computing* ou d'*info-nuagique*, une entreprise qui devait permettre de stocker nos données dans une sorte de nuage numérique. Construire le *nuage*, un immense réseau de serveurs, c'est le gouvernement qui avait lancé le projet. Cette fumée d'hiver, qui était sortie la veille du haut de la tour, c'était peut-être cela le nuage, un altostratus trop lourd pour bouger avec le vent, de cette vapeur qui traîne autour des tas d'ordures quand il fait froid. Dès le premier matin, j'ai sympathisé avec Jean-Michel, un mi-vieux habillé d'un costard sur mesure et de tennis blanches, qui travaillait là, à l'accueil, au téléphone et à la photocopie, depuis deux ans. Le larmier de ses yeux semblait si lourd – il cachait la moitié supérieure de son iris bleu – qu'on avait l'impression qu'il appuyait aussi de tout son poids sur son corps, et alors même qu'il offrait une poignée de main énergique, on ne pouvait éviter de penser qu'on venait de le sortir du lit. Je compris que son travail consistait principalement à brasser de l'air dans les couloirs et produire un peu de cette vapeur dont sont faits les nuages.

J'ai quitté le boulot avant la fin de la semaine. C'est Jean-Michel lui-même qui m'a réveillé de ma léthargie. Ce vendredi après-midi de décembre, vers quinze heures, après la réunion de fin de semaine, nous étions, lui et moi, en train de faire une pause dans un de ces tuyaux en verre où se laissent enfermer les yuppies fumeurs. Il m'a regardé et a tiré sur son vapoteur une épaisse fumée blanche. Ses yeux tombaient sur les côtés comme si des poids invisibles s'étaient accrochés à ses tempes. Il m'a tapé sur le bras en pointant vers le plafond :

– Tu vois ce conduit ?

Au centre de la pièce, j'ai vu une sorte de grande ouverture blanche entre les plaques et les néons, au-dessus de la tête des employés. À quelques mètres d'eux, des fils passaient sur les murs et entraient dans la trouée d'un ventilateur.

– C'est de là que tout part, dit-il.

– Qu'est-ce qui part ?

– Le *nuage*.

– Et il va où ?

– Partout dans le ciel.

Les néons du plafond me prenaient tout le contenu de l'œil, cette clarté incolore était différente de la limace orange qui brillait au fond de la vieille ampoule du salon de mon père, et c'est elle qui plongeait la pièce dans cette couleur mastic, jusqu'au sol de vinyle bordé de plinthes pâles. J'ai tiré sur ma cigarette, je commençais à percevoir, au fond du regard lunaire de Jean-Michel, le feu dans lequel il nageait. Je voyais en lui comment s'était installée la vapeur grise de son nuage.

– À ton âge, j'étais comme toi. Ils vont tout faire pour essayer de t'endormir, te convaincre que tu as besoin de leurs fétiches et de leurs totems, de te prendre dans leur rêve bourgeois, que tu l'apprennes à tes enfants. Et toi tu te demanderas, qu'est-ce que c'est que cette machine de merde ? comme un rat qui arrêterait de tourner dans sa roue, et qui regarderait s'il n'y a pas autre chose à faire. Pour ce qui est de ton envie de te poser des questions, ils te feront des films. Tu t'y reconnaîtras, ils te feront une narration à ta mesure. Ils ont des histoires de vie à raconter pour tout le monde. Ils sont en train d'essayer de te faire entrer dans leur narration, parce que, si tu restes à côté, tu leur feras peur.

– « Ils ? », j'ai fait.

Son pouls continuait de cogner à chaud contre la pile de son vapoteur. Il a seulement ajouté :

– « Ils ». Tu vois bien de qui je parle, hein ? Ce n'est pas un complot. Ce ne sont pas les grands patrons. « Ils ». C'est moi et les autres, ceux qui ont besoin de toi pour produire et continuer de faire marcher le rêve bourgeois. Qu'on en redemande comme du porridge, les riches, les pauvres, toute l'internationale de la mièvrerie, pas du plaisir, mais simplement de l'absence de douleur, pas de ces sensations qui excavent, mais du blizzard tiède, c'est ça le *nuage*, c'est le rêve bourgeois, c'est l'hégémonie, le monde entier en veut, aucune religion n'est plus puissante que celle-là.

Il s'est arrêté un moment, puis a repris en crachant une volute blanche épaisse : « C'est un dispositif, il n'y a personne derrière. Je veux dire, c'est tout le monde qui appuie sur tout le monde pour la recherche du petit plaisir tiède. Ils font tout pour nous brancher, dès l'enfance, pour qu'on y participe, qu'on vienne ronronner avec eux. Ils pensent que c'est le sens de l'existence humaine, s'endormir avec un peu de soma. Ils te rabâcheront leurs syllogismes et tu les répéteras, tu les recycleras et tu les retransmettras. Tu seras branché sur le rêve bourgeois, la grande machine à produire des syllogismes vides qui empêchent de penser. Ces idées que l'on se passe, que tout le monde répète sans savoir, « il faut faire ceci ou cela », « se comporter bien », etc. Comme on est parasité par un virus, une machine embranchée sur d'autres machines, celle de l'entreprise, celle de la télévision, celle de la série. Tu croiras que ça donne le sens des choses. Il faut savoir sur quelles machines tu veux te brancher, petit, car ce qui se passera après, ce sera ta réalité, ce seront tes rêves. Il y a des philosophes, des peintres et des poètes, qui ont voulu se brancher sur leurs propres machines, de bons ingénieurs, ils montent eux-mêmes leurs appareils à univers, mais ça demande du temps, puis ils se branchent sur cette nouvelle machine qu'ils nomment comme ils veulent, « l'esprit » par exemple, qui n'a rien à voir avec un bon calcul, qui est plutôt une sorte de parasite mystérieux, qui les laisse pousser tranquillement vers l'infini, d'autres s'embranchent directement sur des morales taillées pour des fous, d'autres sur des ciels étoilés, mais si peu de gens parviennent à s'extraire de ce petit ronron du principe de plaisir, et c'est aussi bien comme ça. On y arrive par moments, puis on se fait reprendre dans les rouages, ce sont des bestioles trop grandes pour nos forces, et elles sucent tout ce que nous avons de sève. Mais on aime bien. Comme ces parasites qui s'emparent de certains animaux en les hallucinant, nous, on est halluciné jusqu'à la mort par les petits plaisirs sans douleur. C'est le projet de notre civilisation. On est fumé par nos pensées. Et elles ne sont même pas à nous et elles nous font croire que c'est nous qui fumons. »

J'ai vu Jean-Michel. Il avait aussi une espèce d'étrangeté. J'ai senti au fond de lui une sorte de honte d'être là, à me parler dans ce couloir de verre, à cause de la fausse brillance de ces murs de lino, des plafonds de lambris suspendus en petits carrés de mousse recyclée, et des néons si clairs et blêmes qu'ils nous font perdre l'heure ; là, coincé dans cet univers aseptisé, à régurgiter de lourds vortex d'une vapeur sans feu, Jean-Michel essayait de se donner des conseils à lui-même, sans prendre la pose et sans souci de se faire comprendre. Il était là sans être là, comme dans un de ces états où l'on entre parfois la nuit, quand la conscience est éveillée, mais le corps reste somnolent et paralysé. On se rend compte qu'on est en train de dormir, que la conscience est sortie de son rêve, mais que le corps n'a pas entendu le réveil. On est alors pris par une sorte d'apnée sèche.

Depuis ma conversation avec le Manouche, je commençais

à avoir un œil du côté des bestioles des autres. Cet homme devant moi avait un démon, c'était certain. Ce que j'ai vu, c'est que derrière tout ce tracas de Jean-Michel, son angoisse de tomber dans le rêve bourgeois, il y avait une autre musique. Et ce truc-là, c'était son démon. J'ai vu cette Chose chez lui, au moment où mes yeux se sont bloqués dans le conduit, son démon est apparu un instant, pointant son bout de langue rouge, avec plusieurs mentons. *Est-ce que quelqu'un écoute ici ?* Je n'ai rien répondu. C'était une question pour Jean-Michel, pas pour moi. Jean-Michel doit avoir souvent cette sensation étrange d'être attrapé par la peau du cou, parce que c'est ce que fait cette curieuse créature, et peut-être que c'est cela qui lui donnait son petit tic quand il parlait, il tournait le cou comme s'il était pris par un hoquet. Son démon en texture de charbon boréal le prenait par le cou dans un couloir sombre, mais pour Jean-Michel, cela devait être juste un écho de sensations, à peine conscient. Moi, ce que j'ai compris, c'est que ce n'est pas seulement une pâte d'images qui se réveille la nuit, mais que le goulasch est réel, il nous charrie avec lui toutes les secondes. Cette pâte où ces démons prennent forme est juste derrière nos pensées, et ce sont ces images tordues qui leur servent de terreau.

Et nous avons tous une créature pour nous ramasser par la peau du cou et nous embabouiner. Tous ceux qui marchent dans la ville sont pris dans cette barbotine qui empêche de se déplacer proprement, de l'air épais qui freine et fatigue, et on se demande pourquoi on rentre chez soi l'esprit vaseux le soir, et cette odeur de marais qui remonte des rues et pègue encore sur les draps quand on éteint la lumière. C'est ce limon obscur qui fait les orages, qui fait monter la Seine. Pour l'instant, on ne sent que de la tension dans l'air.

– 7 –

– Comment ça, tu es parti ? dit Amalia quand je suis rentré ce soir-là, sous la clarté du réchaud de la cuisine qui ne cachait pas le tremblement de ses lèvres.

– Je ne pouvais pas rester. Ce n'est pas un travail pour moi.

– Et pourquoi tu n'as rien dit ? Ils pensent que tu seras là demain ?

Je n'ai pas su quoi répondre. Amalia continua.

– Et qu'est-ce que je vais faire, moi ? Je ne peux jamais compter sur toi.

Elle a ajouté que je la dégoûtais, que j'étais profondément à côté de la plaque. De toutes les plaques. La petite fille du volcan avait de la lave au fond des yeux. Elle est entrée ce soir-là dans une colère noire, de celles que l'on peut essorer de ses cheveux sombres et qui tombent en ombres sur le cou, déborde de son regard en gonflant par le milieu. Je lui ai promis que j'allais trouver un nouveau type de boulot, plongeur le soir ou autre chose, mais Amalia m'a dit qu'il faudrait d'abord que je commence à faire la vaisselle ici. Je pensais qu'il me fallait un boulot où je puisse voir des visages. Elle m'a dit qu'elle en avait marre de voir le mien, de mes conneries, que je ne faisais que ce qui m'arrangeait, et que tout l'argent avec moi était soit sale, soit invisible. Puis elle a dit qu'elle ne pouvait pas continuer à me regarder me faire ronger par ce boxon intérieur, et que si on ne faisait rien pour m'aider, j'allais sombrer tout seul dans mes propres bas-fonds. Elle a repris en disant que ce fatras dans ma tête avait au début quelque chose d'attirant, mais qu'elle voyait bien maintenant qu'il me bloquait dans tout ce que je voulais faire, et il la bloquait, il nous bloquait. Un fatras ? J'ai toujours pensé que le fatras était dans toutes les têtes. Elle m'a scruté. Je voyais la glace épaisse qui passait entre le monde et ses yeux clairs, comme l'opacité d'un verre d'eau. Sans cesse, je voulais comprendre d'où Amalia regardait avec ses yeux pers, sans couleur, où rien ne s'accroche. Je lui ai pris la main, près de la fenêtre, et lui ai dit que tout cela n'avait pas d'importance. Elle a seulement ajouté :

– J'ai l'impression que je suis en train de gâcher mes meilleures années. Comment veux-tu qu'on avance ? On ne bouge plus, on est presque à l'arrêt.

J'avais ma main dans la sienne et je lui ai dit que personne n'était plus heureux que nous dans l'immense chaudron de Paris. Elle ne semblait pas entendre. On pédalait beaucoup, mais on tenait debout.

– On ne va pas tenir bien longtemps quand viendra la fin de la trêve hivernale. La besace est vide, et comme on dit, « un sac vide tient difficilement debout ».

Amalia est restée comme paralysée par sa propre remarque et s'est murmurée intérieurement :

– Qu'est-ce que ça veut dire ça ?

Je lui ai répondu que je n'en savais rien, que c'était un adage. « Un sac vide tient difficilement debout ». « Oui, mais qu'est-ce que tu penses que ça veut dire ? » Amalia avait arrêté de respirer. Ses yeux, sa bouche, ses mains n'ont plus rien dit. Elle s'est figée en apnée, ou plutôt en hyperventilation bloquée.

– Amalia, calme-toi. Arrête, tu ne vas pas recommencer.

– Arrête quoi ?

– Juste, respire.

Tout le monde voulait protéger Amalia. Elle se laissait souvent emporter par une phrase, une pensée et l'univers se plissait près de ses poumons. Alors tout son corps s'immobilisait quelques secondes, ses muscles du ventre se tendaient et ses organes semblaient arrêter leur travail.

J'ai attrapé une bouteille de Smirnoff qui traînait sur la table basse, j'en ai bu et la lui ai passée. Elle s'était mise devant moi en me regardant. Je la désirais toujours ainsi, avec son jean bas sur son pubis qui serrait ses hanches. Cette distance entre nous créait un appel d'air. J'ai passé ma main contre son ventre plat, et à l'intérieur de son jean, la courbe de ses seins faisait le tour de mon cerveau, repassait sous son débardeur noir, et revenait vers moi. Elle avait la peau lisse, chaude, et il y avait partout de sa silhouette à pétrir. Elle s'est laissée tomber sur moi sur le canapé et, en tournant la tête, a lancé :

– Tu sais ce que j'ai dans la poche ?

J'aurais voulu que ce soit une cigarette.

– Un début de poème que j'ai écrit pour toi.

J'avais les lèvres prises dans ses cheveux et je lui ai demandé de le lire.

– Il faut que tu attendes, je veux écrire un recueil.

C'est ainsi que les ciels intérieurs d'Amalia pouvaient changer en quelques minutes, comme ces pluies tropicales qui commencent abruptement et violemment, et s'arrêtent d'un coup, sans qu'on sache où sont passés les nuages. Elle semblait réfléchir. Je crois qu'elle avait envie de me lire son poème. Elle m'a dit :

– En fait, en y pensant, je veux te faire un recueil de poèmes qui ne pourront être dits qu'une seule fois.

Elle a pris dans sa poche sa feuille froissée. La nuit était tombée et il n'y avait pas assez de lumière dans la pièce. Elle a frotté la petite pierre de son briquet pour allumer une cigarette, qu'elle m'a donnée. Elle tenait la flamme. Je suis resté silencieux et elle a lu les quelques lignes qu'elle avait écrites rapidement sur sa feuille comme une liste de courses.

Tu gardais ce soir de terre
Dans ta poitrine fermée
Avec un peu de boue et d'univers écrasé
Tu fabriques de l'été

À la cuillère, j'ai raclé cette pâte
Le fond de lumière sur le ventre d'une luciole

Je pense à toi
Petite plaie comme une lumière pâle
Maintenant tu peux rire avec les autres enfants
Nous avons attrapé cette ombre

Nous nous retrouverons un jour de nouveau loin du monde
Le dos tourné

À peine l'écho des derniers mots finissait-il de rebondir dans ma tête qu'elle a commencé à brûler le papier avec la flamme qui l'avait éclairé. Son texte a disparu. Je suis resté sans rien dire. Mais son poème, je le garde encore quelque part, sous la forme d'un parfum. Elle a pris mes joues dans ses mains et a dit : « Personne ne t'aimera comme je t'ai aimé. » Je sais maintenant qu'elle se préparait à tout lâcher et qu'elle avait peur. Elle a approché son visage, m'a pris la main et l'a posée contre son sein chaud. Mes doigts faisaient le tour de son bras et empoignaient si peu, mes lèvres n'allaient pas assez vite pour cette chose qui fuyait. Qu'est-ce qu'il y avait à attraper ?

C'est peut-être la première question que je me suis posée quand j'ai vu Amalia pour la première fois. « Qu'as-tu ? » Cette question a la forme d'une démangeaison et Amalia reste toujours un mystère. Mais vouloir connaître par le corps est plus violent que par l'esprit. Mon désir pour elle a toujours été droit, coupant. Et mes baisers ne sont que des morsures renversées, mes caresses, dans les griffes rentrées de mes ongles, excavent quelque part, du cou à ses jambes, pour trouver le lieu où se cache son trésor. Surtout quand je ne la vois pas pendant trois jours, comme cette nuit-là, où elle revenait d'un weekend chez ses tantes, comme s'il y avait un nouveau clignotement sous sa peau. J'ai toujours eu le soupçon que la pensée n'est qu'une manière parmi d'autres de différer cette manducation, de la transformer en quelque chose de moins violent. Nous avons fait l'amour. Échanger nos substances tous les deux, c'est la seule chose que nous savons faire, ce sont des substances sans importance, un peu de vodka ou de rires, mais nous ne sommes pas faits de grand-chose de plus que ces matières, de sperme et de larmes, de sang, de sueur, de bouts de peau, de salive, de cheveux, de morve, de pus, de lymphe, de bactéries pour nous aider à digérer, de bouts d'ongle et de morceaux de dent, de pisse et de liquide amniotique. Nous ne sommes pas faits de grand-chose. Nous nous putréfions chaque jour un peu, et d'autres microbes se nourrissent de ce que nous laissons traîner sur nos lits, et ce qu'ils attendent de nous, c'est que nous pourrissions quotidiennement. Nous ne pouvons échapper à cette manducation à ciel ouvert.

C'est ce soir-là, je crois, alors que la lune était ronde et blanche à la fenêtre, que quelque chose a changé pour nous deux. Le long poème que nous écrivions était en train de brûler. Amalia avait compris que nous nous étions rencontrés sur un malentendu. Mais n'est-ce pas toujours le cas ? Amalia est restée silencieuse, les jours suivants, et elle mettait ses mains contre son ventre, comme si quelque chose lui faisait mal.

– 8 –

Février 2016

L'if au bout de l'allée de l'Île-des-Pins, dans le square de Montmartre, est des plus ordinaires, disons qu'il est encore moins remarquable que tous les arbres ordinaires. Mais c'est avec lui qu'une sorte d'amitié est survenue ces dernières années. Il m'a toujours paru fragile et touchant, et depuis cet été nous partageons des après-midi, j'ai besoin de son ombre pour mon sommeil, et il a besoin de mes rêves pour passer le temps. Il est dit que l'écorce et les épines d'if contiennent des tanins dangereux, que certains soirs chauds, ils dégagent des émanations toxiques, et que c'est pour cela que les personnes qui meurent par intoxication de vapeurs d'if gardent un mystérieux sourire sur le visage.

Le houppier de ce petit if n'est pas très haut, mais son tronc est solide, et on sent qu'il a pris sur lui des années de grêle et de bruine, qu'il a lutté de tous ses muscles de bois contre le froid, et que ses entailles se sont ouvertes sous la pression de vents indécis, qui ne savaient pas bien où aller. Il s'est fait des rembourrages pour renforcer son équilibre, des bourrelets noirs pour avoir trop saigné, pour colmater maladroitement les fentes où se sont installés les champignons qui le pourrissent. Mais il est toujours là, jeune et déjà marqué, fendu et cicatrisé, comme nous tous.

Cela fait des années que je l'observe. Son tronc s'est maintenant creusé à l'endroit où se trouve le bois de son cœur, le duramen, prisé des charpentiers, parce que, composée de cellules mortes et sèches, c'est la partie la plus résistante du tronc. Alors que la sève circule dans une couche plus récente que l'on nomme aubier – celle qui rend l'écorce odoriférante, fraîche et sucrée –, ce bois du cœur n'est composé que de cellules figées et durcies. Un trou obscur s'est élargi là, avec les hivers, dans l'if confus, qui voudrait le cacher sans pouvoir rien faire.

Je crois que nous grandissons tous les deux en miroir, et que, depuis le départ d'Amalia, le même trou se creuse en moi, la même maladie du duramen, et comme ce petit if, le creux se fait dans cette partie de mon âme qui est censée me porter, et dans quelque temps, si l'on continue ainsi, l'on nous retrouvera tous les deux, abandonnés sur un trottoir, ouverts par le milieu.

*

Amalia m'a vraiment quitté le soir du 22 janvier, à un moment où j'aurais eu besoin d'elle. Je rentrais sans falzar, un peu avant minuit, en claudiquant sur le boulevard de La Chapelle après avoir reçu des coups. J'avais marché sous les néons à peine clignotants du métro aérien, au milieu de cette petite crasse ni propre ni sale qui ne vaut pas la peine qu'on se dérange pour elle. J'avais passé les campements des réfugiés syriens sur le terre-plein réservé aux pigeons, à même les ruisseaux d'urine, avec leurs tentes igloos vertes et les banderoles des associations qui seraient démontées, comme tous les matins, le lendemain à sept heures. Ces hommes regardaient au loin, impassibles, comme encordés les uns aux autres, le faisceau de lumière de la tour Eiffel semblait à peine les découper, dévoiler les bosselures sombres de leur peau, sous les nuages bas, sous le crachin et la bruine de janvier. Il y avait les réfugiés qui comprenaient ce qu'il en était de l'hiver, et les autres, les Parisiens que l'on voyait passer derrière la fenêtre de leurs appartements, qui ne savaient pas quoi faire de toutes ces ombres qui les fixaient derrière la vitre, qui pensaient pouvoir peut-être échapper un moment encore à cette décrépitude froide, leurs yeux pressant leurs orbites, les petites douleurs, et l'oubli tellement absurde des noms de ceux qui sont loin.

Ce jour de janvier, mes problèmes s'étaient concentrés dans une poignée d'heures, vers la fin du soir, alors que Flock et moi cherchions le Caló vers la halle Pajol, une immense carcasse de verre et de bois, ancien entrepôt de cheminots, contre les rails de la gare de l'Est. J'étais passé à Saint-Ouen en début d'après-midi et je ne l'avais pas trouvé. On m'avait dit que le Manouche était à la halle, accompagné de quelques connaissances. Avec les derniers reflets de soleil, les rails partent comme des lignes de feu, et vers quatre heures de l'après-midi, les soirs d'hiver, il suffit de les suivre pour arriver à la halle Pajol. Là-bas aussi s'entassent les réfugiés amassés sous le paravent, avec quelques couvertures pour barrer un hiver dont ils ne connaissaient pas la lenteur. Nous n'avions pas trouvé le Caló, mais certains dealers avaient affirmé que le gitan était descendu vers La Chapelle.

Le gris du ciel partait toujours d'abord de ces arrondissements. Pas de ce gris de Montparnasse, déjà javellisé et blanchi, mais de cette grisaille de parterre, qui se réfléchit sur les façades et qui monte avec la fin du crépuscule comme de la brume de jour. C'est de la mouillure qui a sa vie propre, de la sueur contre les parois du métro et des naseaux, qui a fait sauter le demi-jour moite d'un seul coup de grisou, de l'électricité dans les particules d'air qui réveille d'autres particules dans nos cerveaux de singes. C'est ce qui s'installait depuis deux mois, de ces tonnerres sans pluie et de l'envie de se débarrasser de tout. Et si la ville connaît tous les siècles une grande révolution, c'est que ses climats y sont propices. Au milieu de ce printemps 2016, là, dans le nord de Paris, des réformateurs inattendus, sous la pluie légère, en fumant et en buvant beaucoup, devaient commencer à nous fabriquer des droits magnifiques pour lutter contre les tempêtes qui se préparaient.

Nous avons vu notre homme de loin dans un méandre du boulevard de La Chapelle. Il devait être cinq heures de l'après-midi et la nuit commençait à nous suivre. Il y avait beaucoup d'attroupements sur le trottoir, des vendeurs de cigarettes, de billets de métro, de schnouf, ou de ce qu'on voulait voir tomber d'un camion. Le Manouche était adossé contre le grillage d'un pont qui donnait sur les rails, fumant une cigarette, entouré d'une dizaine de molosses blancs dont la peau jurait avec le hâle noir du gitan. Il faisait son biz, mais avec une contenance différente de celle que je lui connaissais, il paraissait toujours aussi frêle, mais ses gestes efféminés avaient disparu. Les gars s'étaient attroupés autour de lui.

Le Caló discutait surtout avec un homme de petite taille, en jean et veste noire, une chemise blanche, des cheveux d'argent rasés de près, les lèvres minces et plates comme un buvard d'acide. Plus tard, on m'a appris qu'il s'appelait Neven. Je l'avais déjà aperçu, plus haut dans la rue, un soir à cette heure-là, fumant le même cigare, avec les vendeurs de sommeil, les voleurs de nuit de Château Rouge, près des vieux hôtels miteux des Coustou et Puget, dortoirs de ces filles qui passent la nuit sur les trottoirs, dansent sur les comptoirs, et qui dorment le jour dans ces pensions froides, faites de roche sombre parce que jamais ravalées, comme de la lave refroidie, de ces immeubles qui se tiennent sur le flanc d'un volcan, celui qui sommeille sous Montmartre.

Nous nous sommes approchés et avons stoppé un instant devant une femme blonde, fumant près d'une Audi noire aux vitres teintées, et un petit homme à la tête de chou, qui semblait essayer de la tenir à l'écart des coquins. Ses cheveux blonds viraient au blanc selon l'orientation du soir, et descendaient dans la mantille de soie qui lui prenait le bas de la nuque, un peu du cou, et le verre épais de ses lunettes, empêchant son regard de croiser celui des partouzards groupés dans le bar d'en face. Son visage était terriblement beau, de ceux qui apprennent quelque chose. Flock est resté un instant à la regarder, mais ce qu'il semblait discerner n'était nulle part, ni dans ses yeux, ni dans leur forme, plutôt dans l'ombre qu'ils avaient projetée sur nous. À côté d'elle se tenait cet homme, de petite taille mais musculeux, d'une quarantaine d'années, les chaussettes fumantes, mal rasé près des oreilles, les cheveux en bataille, avec des golfes frontaux comme des calanques sans eau. Du bord de ses yeux rouges et globuleux mal fixés dans ses orbites il a regardé Flock et lui a demandé ce qu'il observait comme ça. Flock n'a rien répondu. L'homme a passé une main sur une de ses oreilles qui s'est aplatie puis est revenue à sa place comme un morceau de plastique. Il s'est alors tourné vers la femme qu'il devait surveiller et qui le parasitait à blanc.

Deux mastards sont arrivés. L'un portait une chemise blanche et une veste avec les insignes du Paris-Saint-Germain, et semblait plus agité qu'un ultra un soir de classico. Un autre doberman avec un blouson noir à capuche, rasé, avec un double menton, s'est placé entre nous et la jeune femme, qui venait de reculer de deux mètres. Comme d'habitude, Flock semblait chercher quelque chose sans vraiment savoir quoi. Le gars au crâne rasé, qui avait le fond des yeux caillé, lui a dit : « Tu veux quoi, Afflelou ? » Flock a remonté ses lunettes et a dit qu'il voulait deux savonnettes et qu'il connaissait le Caló. Le gars lui a demandé de qui il parlait. Et Flock a fait un signe de la tête vers le Manouche au loin. Le gars lui a demandé s'il avait du cacheton. Flock n'a pas répondu. Celui au double menton a dit que c'est lui qui distribuait et que c'était la même frappe, seulement que c'était lui qui la donnait. Flock a demandé encore une fois s'il pouvait parler au gitan, parce que, d'habitude, c'est avec lui qu'il traitait directement. Le gars a répondu qu'il n'allait pas lui filer du pneu. Je lui ai dit de ne rien faire, qu'on allait se faire bananer à coup sûr. On reviendrait plus tard. La nuit tombait, et Flock avait besoin de provisions pour le lendemain. L'autre a répondu : « Tu verras, si c'est ton tartouf, tu le prends. Sinon, tu repasseras. »

C'est alors que mon regard a croisé celui du Manouche, qui m'a fait un signe au loin. Ça nous a mis en confiance, Flock et moi. Les gars et quatre autres nous ont amenés dans une rue attenante. On les a suivis comme des cons, parce qu'on pensait que ce n'était pas loin du boulevard. Le gars a commencé à dégager le couvercle d'une trappe de compteurs d'arrivée d'eau, avec des vannes de fermeture. Il y avait là une boîte de plastique noire, coincée entre les robinets. Flock venait de filer une clope au plus gros des deux gars qui s'est approché de nous, l'a plaqué d'un coup contre le mur en lui disant quelque chose à l'oreille, à quoi Flock a lancé un *vaffanculo.* L'autre doberman a collé son visage contre le mien, avec sa petite moustache qui chlinguait, et sa pluie de salive. Il a demandé si on croyait qu'on allait pouvoir l'enculer longtemps. Sur cette histoire d'enculade, j'ai répondu qu'on n'était pas zoophiles, mais je ne me suis pas senti d'en rajouter, peut-être parce que je ne comprenais rien à ce qui se passait, et parce que le gars venait de placer les huit doigts de sa première main autour de mon cou et de rentrer deux bagues à l'endroit où j'avais avant une carotide. J'ai senti qu'il avait là autant de muscles que dans mes deux bras. Les autres sont arrivés, mais il me gérait tout seul. Le gars a frappé plusieurs coups. Son poing a gondolé contre ma tempe et je suis tombé sur la gaufre de fer, à l'endroit où la rouille faisait une flaque. Le soir commençait de son pas sombre à s'installer dans la rue. J'en avais déjà marre. Je voulais rentrer. C'est toujours la même nuit qui entre à cette heure, qui vient se suspendre dedans, par les griffes comme une chauve-souris, comme de l'existence enfermée entre les côtes. Et elle boit ses litres de rouge épais comme de l'encre.

Je lui ai pris le bras en essayant de le dévisser de mon cou, puis j'ai tenté un reste de judo et je me suis déboîté l'épaule et la gueule et tout ça, en restant sur le ventre par terre comme un con. Il m'a pris les cheveux, m'a soulevé en arrière, et m'a mis un coup de coude sur l'arcade. J'étais à terre, ça fusait de partout, j'avais l'impression qu'ils étaient plusieurs à donner des coups. Puis il a saisi ma gorge et il a approché un cran d'arrêt pour me calmer. Les autres n'avaient pas perdu de temps, ils avaient pris la ceinture de Flock et la lui avaient enroulée autour du cou pour faire une laisse. Flock est devenu rouge en quelques secondes. Ils continuaient de serrer et un coin de son œil se gorgeait de sang. Les deux autres ont commencé à lui mettre des coups de poing, remontant du ventre à la clavicule. J'étais coincé entre les bords anguleux des poubelles, sans équilibre je ne pouvais rien faire pour l'aider. Puis ils se sont mis à me filer les mêmes coups dans le ventre, se sont arrêtés soudainement, ont relâché la pression de la ceinture et ont regardé vers le fond de la ruelle, au-dessus des poubelles.

Le Manouche venait d'apparaître à l'entrée de la rue et du boulevard de La Chapelle. Il fumait tranquillement en regardant la scène de loin. Son accent semblait à distance onduler sur la tôle où je me trouvais, comme le son d'une guimbarde. Il était accompagné de ce quadragénaire rasé, aux cheveux d'argent, qui tenait sa blonde bouleversante par la hanche, celui qui se nommait Neven. Le Manouche a eu un léger rire, puis ils ont disparu sur le boulevard. Les gars s'étaient arrêtés de taper un instant, comme des enfants en train de faire une connerie, et il aurait suffi peut-être d'un mot ou un signe du Manouche pour que tout s'arrête. Mais il n'en a rien fait, et les gars ont repris de la frite. Ils ont trouvé les deux billets de cinq cents euros que Flock avait cachés dans une chaussette pour régler son business. La nuit est tombée. Ils nous ont mis à terre. Ils ne voulaient pas s'arrêter, ils semblaient prendre du plaisir à la castagne, comme d'autres quand ils font l'amour, à sentir leurs os se toucher. Ils ont pris tout ce qu'il y avait à prendre. Mes clefs, mon téléphone, mon futal et les écouteurs. Deux autres gars m'avaient immobilisé par-derrière. Je sentais la lame froide d'un canif contre ma tempe et je respirais, sans broncher, l'air métallique près de ma gorge. Puis ils se sont cassés en nous laissant là.

Je suis resté dans la froidure, sans bouger, à l'endroit où les gars de la fanfare, qui avaient enflammé le bar d'en face la nuit d'avant, étaient venus se soulager. J'avais les lèvres dans leur compote d'urine. Une oreille écoutait battre le pouls de Paris, et l'autre n'entendait que le tremblement du vent entre les mailles de mon pull, qui passait sur ma peau comme les dents d'un couvercle de conserve. Il n'y avait pas d'étoiles, partout de la limaille de lune.

On a dû rester là un bon moment dans le froid. Flock a toujours été un ami prévenant. Il est le plus costaud de nous deux, cela n'a jamais changé. Quand on était plus jeunes, il venait souvent à la sortie de l'école le vendredi pour me rendre les billes et les goûters qu'on m'avait volés dans la semaine. Cette assistance, Flock s'en était fait un devoir quand, récemment, il m'avait pris avec lui par solidarité dans ses petits trafics, et parce qu'il était le seul à garder une sorte de foi en mes monochromes ratés. Il disait : « Tu ne gagnes rien, *ragazzo*. Mais tu peins. Je n'y connais rien, mais tu vas percer un jour, parce que tu fais ça depuis que je te connais. Tu as de l'endurance. Je t'ai vu, *vecchio*. On apprend à force de se planter. » Allongé sur le sol, j'ai pensé à tout cela. Flock ne bougeait pas. L'air du soir s'immisçait dans son œil gonflé.

Je ne sais pas pourquoi ça m'est revenu là, étendu dans la rue sale. Flock a toujours pris ma défense. Un soir, nous buvions une bière au *Sans-Souci*, avec un ami à lui qui venait de se plaindre de ses impôts, des allocations que d'autres percevaient, les assistés de toute espèce n'avaient qu'à bosser comme tout le monde, Flock, étranger à la politique et aux questions sociales, lui avait répondu sans me regarder : « J'ai un *fratello* qui peint. Il ne travaille peut-être pas autant que toi et moi, mais c'est une autre manière de travailler. Il ne gagne pas d'argent, mais il travaille, à sa manière, car, quand tu peins, tu ne peux pas faire un tableau tous les jours. C'est une autre logique. Peut-être que dans cent ans, ce qu'il fait vaudra de l'or. Peut-être qu'il aura simplement aidé quelqu'un à avoir une idée qui pourra servir plus tard. La société, elle a toujours un retour sur investissement avec ses parasites. L'éducation que tu as reçue, elle a été faite à quatre-vingt-dix pour cent par des parasites. Ils ont peut-être glandé, mais sans leurs idées, tu dormirais sur un matelas de feuille dans un bois. » Puis il a parlé de poètes. L'autre a dit, Baudelaire, toujours le même exemple, mais des Baudelaire, il y en a un sur dix millions de couilles, et tout le reste, ce sont des parasites. Moi, j'attendais de prendre une autre bière, le serveur ne venait pas alors que les deux continuaient de se prendre le nawak, et je leur ai dit que ce n'était pas important. Puis je me suis rendu compte qu'il me manquait une sorte de foi qu'ils avaient tous les deux pour ce genre de discussion. Je me suis aussi rendu compte que j'étais le plus bourré des trois, à cause de la petite bouteille de Picon que Flock portait souvent sur lui, et qu'il versait dans nos verres. Peut-être parce que leur conversation me saoulait ou parce que ce gars avait raison, que toute cette histoire de peinture n'était pour moi qu'une excuse pour ne pas avoir à me lever et peindre sur un chantier. Flock a dit : « Putain, à chaque fois tu me fais saigner des oreilles. »

Je sais que Flock, s'il avait pu, m'aurait défendu, mais ce soir, il n'avait pas pu faire grand-chose, et je crois qu'il s'en voulait. Plutôt que de l'attrister, cela l'avait mis en colère, et la ruelle, à l'ombre du boulevard, m'avait paru se couvrir d'un silence molletonné et nerveux ; et un de ses yeux avait une couleur mauvaise. Il m'a dit qu'il n'y voyait plus grand-chose. Il voulait rentrer directement. Je me suis pansé l'arcade avec un bout de tee-shirt, puis l'ayant épongé de sang, j'ai trouvé par terre un vieil habit usé pas trop sale pour faire compresse. Flock m'a lancé de ne pas y toucher, qu'il y avait la gale dans le camp des réfugiés. Je voulais passer à l'hôpital Lariboisière voisin pour me désinfecter le front. Flock s'est énervé d'un coup. Il a commencé à me traiter de connard, soi-disant je ne pensais qu'à moi alors qu'il se gelait les youks sans sa chemise et qu'il ne voyait plus rien quand il regardait au fond de la ruelle noire – ce qui m'a semblé bizarre parce qu'elle était trop sombre pour qu'on y voie quelque chose. Il a ramassé une branche de ses lunettes, puis est parti torse-poil vers Barbès, tout seul, en disant que c'en était fini de ces conneries, de traîner avec des branleurs, désormais, il s'en battait les steaks, ou il s'emballait les steaks, je ne sais plus ce qu'il disait. Je suis resté un instant dans la petite allée froide en écoutant deux ivrognes pisser contre les gouttières à deux mètres. Une fois la nuit bien installée, j'ai lentement remonté les rails aériens du boulevard de La Chapelle vers Lariboisière, passant les rassemblements de réfugiés.

À mi-chemin, je me suis adossé contre un des poteaux de fer du métro aérien, le dos raide comme un morceau d'acier, chancelant à chaque passage des wagons contre la carlingue des rails. J'avais le visage cassé – j'ai toujours le visage en réparation, m'avait dit Amalia, le nez mal mis, les yeux pas droits, les lèvres mal taillées. Je me suis endormi environ une heure. Les métros continuaient de passer, impassibles, tenus par leurs frêles tréteaux de fer, ces échafaudages du siècle dernier faisant trembler les vieilles briques de tout leur poids, puis allaient éparpiller un peu de leur carcasse de tôle et leurs boulons sur le virage de Stalingrad.

Je ne sais combien de temps je suis resté là, adossé sous la charpente du métro, avec tous ceux qui dormaient dans leurs tentes sur le bord de la rue, et les autres qui rôdaient comme des esprits autour des barils de tôle et de flammes, à se passer des bouteilles de scotch et d'autres nourritures pour le cœur.

Je ne parvenais pas à me débarrasser du regard pervers que le Manouche avait posé sur nous, plus tôt, au bout de la ruelle. Il avait eu l'air de prendre plaisir à nous voir nous faire mettre sur la gueule. J'avais le sentiment de m'être fait rouler. J'avais cru qu'il y avait du respect entre nous, depuis que j'étais venu m'asseoir des heures à discuter dans son échoppe ou à être juste là, à lui passer de la cire imperméable sur les meubles, et je m'en voulais de m'être trompé, d'avoir cru qu'il avait été là, sans arrière-pensées, à faire des coquillages de fumée, avec sa bière sur le trottoir. Il venait de sabrer d'un coup les moments passés ensemble, et toutes nos conversations, ses histoires mexicaines, me paraissaient sans intérêt, juste des conneries pour vendre sa came. Peut-être qu'il m'avait dit une chose qui restait vraie, à savoir qu'il avait l'âme viciée. Mais là encore, elle était plus noire que ce qu'il disait.

Je ne sais pas si je me suis endormi de nouveau ou si je suis entré dans cette petite transe dans laquelle s'installent des pelotes de rêves, ces images si denses, si réelles, qu'on ne sait plus très bien si elles sont de la matière ou de la pensée. Je voyais que ma position curieuse, adossé contre la charpente de Stalingrad, à regarder la lune crayeuse, me soignait étrangement. J'avais l'impression que je n'étais pas si mal appuyé, que mon corps était bien là, que je n'avais pas besoin de trop ruminer cette affaire avec le gitan, que ce lieu, où j'étais, me conservait, comme si la rue était tapissée d'étoiles, que c'était le meilleur endroit pour récupérer un peu de nerf, et jeté au hasard dans cette position, il y avait une sorte de force qui veillait. *Être-étendu-en-étoile-une-main-sur-le-ventre-et-regarder-la-lune-d'hiver*. La posture de mon corps semblait avoir plus de vie que moi-même. Dans mon cerveau de plus en plus bloqué, le moindre effluve d'air, la poussière sur la barbe de ce Syrien assis à quelques mètres en face, ses yeux tout aussi vides et gelés, tout m'apparaissait depuis un instant sous l'angle d'un bloc immobile d'éternité, une sorte de légalité du contingent, un moment où le hasard, perdu ici, dans un bidonville du ciel, se fige en un morceau de nécessité.

*

J'ai remonté le boulevard jusqu'à l'entrée des urgences de Lariboisière. On m'a passé quelques compresses, on m'a désinfecté, et mis quatre points à l'arcade. Je suis sorti et suis monté vers

Pigalle. Je suis rentré en passant devant le petit if du jardin de Montmartre, sous lequel j'avais dormi l'été dernier. Ces arbres travaillent à rattacher le ciel qui s'éloigne. Leurs branches sont des racines pour amarrer la nuit qui n'a pas de lieu. Mais la nuit est partie, il n'y a plus rien ici, seulement le feu des avions et le reflet des réverbères. Et à chaque aube, le ciel s'éloigne davantage.

Je suis rentré péniblement ce soir-là, sans me douter qu'Amalia m'attendait, en furie. Elle avait essayé de m'appeler, mais je n'avais plus de téléphone. J'ai sonné. Je n'avais plus de clefs. Elle s'est étonnée une seconde de me parler à l'interphone, et puis à mon arrivée dans l'appartement en caleçon long, elle s'est étonnée une autre seconde du sang qui avait séché sur mon tee-shirt, et des points de suture, et m'a demandé ce qui s'était passé. Je lui ai seulement dit qu'on avait eu des problèmes avec Flock, que j'avais perdu mes clefs et mon téléphone, mais cela l'a énervée davantage, puis elle m'a dit, comme si elle attendait ce moment depuis plusieurs heures :

– Le test dit que je suis enceinte. Tu n'aurais pas pu faire attention ? Tu m'écœures. Ça fait une semaine que j'ai envie de vomir.

Je me suis assis avec un bourdonnement dans la tête. C'était la seconde fois que cela arrivait en quelques mois, et j'aurais voulu que ce problème ne survienne plus ou qu'il survienne un autre soir. Amalia continuait de me traiter de dégueulasse, qu'elle m'avait dit de faire attention, et qu'il fallait que je l'amène sur-le-champ à la clinique pour qu'on se débarrasse de ce monstre que j'avais mis en elle, le parasite qui était là depuis elle ne savait combien de temps. Il était presque minuit. Je me suis assis à la table et servi du café. Tout cela n'était qu'un accident. Je ne disais rien. Puis je lui ai répondu que je prenais un café et que nous irions à Lariboisière, que j'en venais de toute façon, qu'il n'y avait personne, ils m'avaient pris rapidement. Elle m'a demandé si j'avais de l'argent. On m'avait tout pris. Je lui ai demandé si elle ne pensait pas que cela pouvait attendre demain, et elle m'a dit que demain matin, elle ne voulait plus me voir.

La dernière fois, les médicaments pour l'interruption de grossesse lui avaient causé des douleurs et des vomissements pendant plusieurs jours, et elle m'avait fait jurer que ça ne se reproduirait plus. Nous n'avions pas de sécurité sociale et n'avions demandé aucune couverture maladie, et j'avais seulement peur qu'ils ne nous conseillent de revenir parce que les avortements ne sont pas à la nuit près. J'avais gardé un peu d'argent pour l'inviter au restaurant un de ces soirs, mais ce ne serait pas suffisant pour l'avortement. Je ne savais pas qu'on ne nous fait pas payer pour ça. Elle m'a dit de ne pas m'inquiéter, qu'elle irait au restaurant avec un autre. Puis elle est entrée dans la salle de bains pour se démaquiller, et s'est calmée. Elle a finalement décidé d'aller à l'hôpital le lendemain.

Nous nous sommes couchés sans nous parler. J'ai dormi sur le canapé ce soir-là. Paye ta journée, je me suis dit, puis je suis tombé assommé, comme en retard, par les coups que j'avais reçus quelques heures plus tôt. Je me suis réveillé tard ce matin-là. Amalia était partie. Seule. Je ne l'ai revue qu'une fois depuis. Cette graine de monstre a dû sortir d'elle quelques jours plus tard après quelques vomissements, dans un flux de sang et de liquide, alors qu'elle vitupérait contre moi entre deux spasmes.

– 9 –

Mars 2016

Cela fait maintenant plusieurs mois que je n'ai pas de nouvelles d'elle. Au début, ça ne m'inquiétait pas. Amalia a toujours été comme ça. Elle pouvait partir des jours sans prévenir, sans dire où elle allait. Le premier soir où je l'avais vue, elle était partie comme ça, sans tourner le dos.

C'est elle qui était venue vers moi, une nuit basse, alors que j'avais rejoint Flock au *Chiquito*, un bistrot de la rue de Ménilmontant. J'étais sorti devant le bar, pour fumer et avoir de ces conversations vides avec des développeurs web, transi, regardant anxieusement ma pinte descendre, et je l'avais vue, elle, qui me regardait. Elle avait ce soir-là une sorte de col roulé en marinière et un blouson de cuir ouvert, un jean qui tenait à peine ses jambes, pour ne pas tanguer et se laisser emporter dans le flot des chaises. Elle avait les yeux gris, pâles, le visage fin, une légère bouffissure dans le haut des joues, l'alcool lui baignait le fond des yeux. Elle était venue vers moi et m'avait demandé si j'avais du feu. J'en avais partout. Je dus lever les yeux comme un amputé à qui on offre une jambe, avec la foi qui vous prend par surprise, j'ai senti que ça grésillait un instant, comme ces lampadaires qui crépitent au crépuscule quand il est l'heure d'allumer Paris. J'ai bredouillé et ses yeux ont paru s'accrocher à des boucles sur mon front. J'ai sorti un briquet et nous avons discuté de rien. Ou de politique, je crois. Et moi, comme si j'avais les pieds sur un trampoline, je l'écoutais. Je n'y connais rien en politique, tout ce que je sais, c'est qu'elle me parlait de communisme, de Maïakovski, et j'avais l'impression que son communisme à elle, c'était quelque chose à aimer, c'était un communisme fait pour les noceurs et les viveurs, les punks, tout ce qui n'arrive pas à se retrouver ici-bas. Un communisme avec des drogues et des poètes, une sorte de communisme de fils prodigues. Et elle parlait comme si tout allait dépendre d'elle, chacun de ses mots me rentrant dans le cœur comme si je les avais appris il y a longtemps, et à la fin, je lui aurais donné les clefs de la cité, les yeux fermés, si je les avais eues en ma possession. Elle parlait et ne s'arrêtait pas, elle n'avait qu'un souffle. Sa voix rauque, je l'ai écoutée longtemps devant le bar comme si on m'annonçait qu'on avait trouvé une cure contre la mort. Deux ou trois lourdauds d'Oberkampfiens, qui se tenaient derrière elle, avaient essayé d'entrer dans la conversation, mais ils n'avaient pas supporté longtemps la manière dont elle ne les regardait pas, indifférente à toutes ces carcasses qui flottaient autour d'elle, je ne sais pas pourquoi ses yeux ne retenaient que moi, elle ne lâchait pas, et les autres étaient repartis sombrer dans le fond de leur bière. Certains, ne faisant que passer dans la rue pour monter vers les Cascades, marchaient là, innocemment sur le bord du trottoir, comme sur une rive, et se laissaient absorber par cette fille sans fond lorsqu'ils levaient la tête, laquelle semblait autre chose, ni de la matière ni de la pensée. Cela venait de la couleur de ses yeux qu'elle répandait partout, une couleur perse comme les rouleaux des nuages quand ils fondent sur les toits haussmanniens, donnant à son regard une sorte d'hésitation imperceptible, comme celle que l'on sent chez les nourrissons, qui n'ont pas encore choisi entre le clair et le sombre, qui fixent sans foyer ce qui se trouve devant eux, qui n'accrochent rien, qui donnent l'impression de zoner, de prendre avec inquiétude toutes les directions. Ainsi étaient les yeux d'Amalia, brûlés à force d'avoir trop regardé les choses, je crois. Je me demande encore comment elle fait pour voir avec ce genre d'yeux d'aveugle.

Alors que je cherchais ce qu'il y avait au fond de son regard, elle continuait de me parler de cette revue qu'elle voulait fonder, dans laquelle elle voulait mettre des écrivains qui ne pourraient publier nulle autre part, une nouvelle Commune de Paris, qui prendrait d'abord forme sur du papier.

– Tu ne voudras pas écrire quelque chose ?

– Je ne sais pas écrire.

Je lui ai dit que je peignais. Elle m'a dit : « Pas tes cheveux en tout cas. »

– Tu feras des dessins politiques ?

– Éventuellement des dessins graphiques ?

– Si on a quelque chose à dire, pas besoin de savoir écrire, avait-elle ajouté, ne comprenant pas ce que je marmonnais.

Je crois que c'est à ce moment qu'elle a parlé de la revue *Documents* de Bataille. Je compris alors que cette fille, qui n'arrêtait pas de parler, ne répétait jamais deux fois la même idée. Elle attrapait juste ses pensées, dans un lieu secret qui se trouvait là, dans l'air autour, puis elle les rendait, les remettait là où elle les avait trouvées. Elle disait ce soir-là que son écriture, à Bataille, était sans véritable charme. Elle avait dit cela comme si elle était elle-même surprise de ce qui venait de sortir de ses lèvres. Bataille, il fait partie de ceux qu'on n'a pas vraiment envie d'écouter ou de lire, mais il faut leur donner une chance, avait-elle dit, tous ceux qui ne savent pas bien écrire, qui ont l'air ampoulé, ils nous lâchent, même quand on fait preuve de patience. Mais s'ils ont quelque chose à dire, et quand on l'entend vraiment, au détour d'une page, on reste sonné par ces maladroits, au point qu'on peut même leur vouer un genre de culte tératologique, celui que l'on réserve à cause de leur curiosité médicale aux monstres de foire, aux hommes-éléphants, et parfois, on les aime pour leur singulière laideur, pour les secousses dans les phrases et l'électricité qui y passe.

– Et tu fais quoi de ceux qui n'ont rien à dire ? avais-je dit.

– Ça dépend s'ils sont beaux ou moches.

Elle avait l'air si sûre d'elle, avec cette droiture à faire pâlir la chair molle d'un Flock, et tous ceux qui, comme moi, après quelques mois de vie, avaient déjà pris de mauvais plis et des courbures difficiles à corriger. Elle semblait suivre une boussole invisible, qui montrait l'absolu, qui élevait nos petites vertus, et elle pointait vers ce lieu indiscernable de manière légère, par oscillation, par jeu, sans le savoir, mais avec la foi que l'on verrait, quand elle aurait fini sa phrase impossible à terminer, un nord au-delà de nos misères. Elle semblait si joueuse et, en même temps, son jeu ne semblait qu'une partie de cache-cache à toute berzingue, une tentative pour reconstruire le puzzle de mon être, c'est ce que j'ai senti ce soir-là, et bière aidant, je suis entré dans sa transparence.

Alors qu'elle me redemandait, espiègle, ce que je comptais publier dans sa revue, je me suis trouvé à lui dire de tout mon sérieux :

– Je n'ai jamais eu une idée digne d'être écrite. Je bricole dans mon coin. C'est une manière pariétale de faire. Tout a commencé pour nous sous une vieille lune, dans une caverne plus noire que les parois d'un ventre, à essayer de graver des traces sur des cloisons. L'art n'est pas vraiment fait pour être vu, ce n'est peut-être pas un truc pour les humains, ce n'est pas quelque chose à fabriquer à plusieurs, ces peintures dans la grotte, ce n'est pas important qu'on les voie ou qu'on ne les voie pas. Elles sont juste là pour protéger ceux qui dorment. Elles sont destinées aux créatures qui rôdent dehors et dedans, celles dans la pierre et dans nos têtes. On en revient toujours à peu près là. Se faire des amulettes. Mais je n'ai rien de bien original à dire là-dessus.

J'étais étonné de ce que je venais de dire. Il paraît qu'on n'est pas sérieux quand on a dix-sept ans, mais j'en avais pris pour toute une vie de sérieux à cet âge, et quelques années plus tard, devant cette fille joueuse, j'avais encore du mal à liquider toute ma solennité. Je ne l'avais jamais pensée auparavant, cette idée. Sa manière de me poser des questions m'obligeait à reconstruire un dessin intérieur, en ajoutant des pièces, pour y voir peu à peu le tracé d'une forme. Je me suis aussitôt rendu compte que je venais de lui rentrer dedans, avec sa revue, sa nouvelle Commune, sa création à plusieurs, son sens du bien commun. Ce n'est pas ce dont j'avais eu envie, et je me suis dit qu'elle allait le prendre contre elle, mettre fin à cette conversation et me laisser là à boire l'eau des pâtes. Mais je ne savais pas qu'Amalia ne pouvait respecter que ceux à qui elle ne faisait pas peur. Elle m'a regardé et elle a dit :

– C'est une idée, ça. Si tu ne l'écris pas, l'ami, un autre sortira de ta caverne et l'écrira à ta place.

Je crois surtout qu'elle avait aperçu la solitude profonde dans laquelle je barbotais en silence.

– Mais tu ne travailles jamais avec d'autres peintres qui t'inspirent ?

– Si, il y a quatre ans, j'ai essayé de m'insérer dans un groupe.

– Et alors ?

– On a splitté quand un soir sous LSD le leader a essayé de nous attaquer à la hache.

Elle a ri, puis elle a eu froid. Ça m'a fait chaud à moi de mettre mon manteau sur elle.

– Et que peins-tu, toi ?

– Des sortes de structures blanches.

Elle avait l'air intriguée. Je lui ai montré des photos que j'avais dans mon téléphone, on ne voyait vraiment pas grand-chose, mais j'ai senti qu'elle les regardait comme un enfant fixe une veilleuse. C'étaient des tableaux qui, de loin, ressemblaient à des assemblages de feuilles à grain, mais étaient en réalité des toiles fines de lin et de coton, sans châssis, qui, lorsqu'on les mettait sous une lumière de demi-jour, révélaient des traits, à peine plus clairs que leur substrat de lin, et qui semblaient se détacher de la profondeur en faisant un renfoncement, donnant l'impression qu'une sorte d'anémone ou quelque champignon bizarre avait creusé dans la toile, avait gonflé sans commencement, et y avait laissé une trace de bave métallique, que l'on ne pouvait attraper qu'en faisant rebondir des reflets de clarté sur le panneau. Ces éclairages de fils qui parcouraient la toile apparaissaient ainsi dans des sillons plus blancs que la toile elle-même, qui semblaient faits de craie. À force de les regarder, je m'étais attaché à ces structures blanches, j'y voyais beaucoup de formes, qui surgissaient sans prévenir selon l'angle d'où je les prenais, selon mon état d'esprit, et il me semblait que ces sillons étaient parcourus, la plupart du temps, par une seule ligne, tout aussi blanche, rugueuse, à gros-grain, qui devait enjamber péniblement chaque point du tableau, qui se cognait et s'échelonnait le long des bords, et qui disparaissait à un moment dans le son feutré du coton. Et puis il y avait bien quelque chose d'étrange avec ces tableaux, c'est que ces constructions blanches devenaient vivantes et tristes parfois, elles déviaient leur trajectoire et rentraient dans le bord, comme pour essayer de sortir tragiquement d'elles-mêmes, de s'attraper elles-mêmes, sans jamais y parvenir.

– On dirait ces motifs que fait l'eau quand elle se reflète sur la paroi d'une grotte.

– Je te dis, c'est de l'art pariétal.

– Au moins, si tu les mets dans la revue, on ne descendra pas le toner.

Cette forme blanche, je la vois comme une sorte de structure inconsciente d'elle-même, ni malveillante ni bienveillante, qui cherche à paraître coquette et se donner de l'importance quand on la regarde. Il n'y a rien à réparer dans cette structure, tout est d'avance oublié, elle se pardonne elle-même ses oublis tandis qu'elle disparaît au fond de la toile.

Amalia a allumé une cigarette. Puis elle a eu froid, est rentrée dans le bar, me disant qu'il fallait qu'elle rejoigne ses amies qu'elle avait laissées à l'intérieur. Je suis resté seul dehors, et si parfois le temps se compte en cigarettes, ce moment à attendre qu'elle repasse sur le trottoir m'a semblé durer presque un demi-paquet. Amalia est réapparue sous les lampions, à la lisière du bar. Elle m'a rendu mon manteau et mis, pour parer le froid, son blouson de cuir noir, qui tombait sur son col roulé et dessinait mieux l'ombre de ses seins. J'ai remarqué aussi que certaines de ses amies restées au fond du bar s'étaient bizarrement mises à nous fixer de loin. Mais, à ma grande surprise, alors qu'elle me tapait une dernière cigarette, que je cherchais laborieusement quelque chose d'original à dire, je me suis rendu compte qu'Amalia n'était pas sortie pour me parler.

Elle a fini sa bière d'un coup, sous mes yeux. Et, sans prévenir, sans me regarder, sans négocier, elle a approché son visage, et quand ses lèvres furent tout près de mon souffle, elle a mis sa main gelée sur ma nuque, et a collé brusquement son corps contre le mien, l'obligeant à se tenir à moi. J'ai senti son cœur, sa langue contre mon palais, à dissoudre dans sa salive le reste de mes pensées, et ce soir-là, alors même que mes jambes engourdies m'avaient difficilement porté dans la pente de Ménilmontant, j'ai su que les muscles du ventre d'Amalia, ses seins, son cul, ses joues, seraient les seules choses qui parviendraient à me fixer au sol. Pour elle, il n'en fut rien. Ce n'était qu'un jeu, c'est ce qu'elle me dit plus tard, pour se faire payer ses bières de la soirée, embrasser le premier gars embrassable. Jeu idiot. Je suis sûr qu'elle avait dit cela pour se dédouaner. Amalia aime se dégager à l'avance des vraies justifications, elle en trouve toujours d'autres plus bizarres pour nous amuser. Les choses importantes, on commence à les faire pour jouer, ça donne du cœur à l'ouvrage. Nous sommes restés, un instant, éméchés à nous tenir chaud dehors. Puis elle a parlé encore, avec sa sorte de foi, qui est quelque chose de rare, et on n'a pas besoin de grand-chose de plus, juste un peu de cette foi, on oubliera nos idées, nos souvenirs, nos savoirs avec le temps, mais cette foi dont elle est pétrie, on peut l'emporter avec soi dans la tombe.

Puis elle m'a dit qu'elle partait. Je lui ai demandé son

numéro et elle n'a pas voulu me le donner. Elle n'a pas voulu prendre le mien non plus. Elle m'a dit que peut-être un jour on se retrouverait, comme ça, dans Paris immense. Encore sa sorte de foi. Il suffisait qu'on désire vraiment s'appeler. J'ai pris un ticket de métro et j'ai écrit mon nom, mon numéro, et lui ai dit qu'elle pouvait m'appeler si elle changeait d'avis. Elle s'est approchée, a regardé. J'avais écrit « Aeden ». Elle s'est étonnée. Elle a plié le ticket en deux, l'a jeté par terre. Elle n'a rien dit à ce moment-là. Elle s'est arrêtée, s'est glissée un instant, debout, dans mes bras, et, alors que je posais ma tête contre son cou, elle a saisi les quelques minutes de repos que lui concédait son monde. Quelques secondes. Ce soir-là, je l'ai serrée ainsi contre moi, en silence, comme si je tenais la lampe brûlée du jour.

*

Nous nous sommes recroisés au hasard alors que, depuis longtemps, j'avais cessé de la chercher. Cela devait faire plus d'un an que nous nous étions vus au *Chiquito*, et après quelques longues heures de nuit à traîner là-bas dans l'espoir de la revoir, j'avais arrêté de l'attendre et laissé le temps faire son travail pour l'oublier. Quand je suis retombé sur elle, dans un endroit inattendu du quartier, j'ai senti qu'une étrange force essayait de nous raccorder. C'était au milieu du printemps, dans une soirée organisée par les mêmes amis de Flock, des développeurs web qui habitaient rue du Repos, en face du cimetière du Père-Lachaise.

J'étais arrivé vers onze heures, cette nuit-là, et à part Flock, je ne connaissais personne, et je m'étais mis à boire et fumer seul sur le balcon. Flock tentait sa chance à la ramasse avec des filles. Cela devait faire une heure et demie qu'il pagayait, et moi j'étais là à regarder le cimetière. Le milieu de nuit de ce printemps était invraisemblablement mauve, comme si tous les lampadaires de Paris avaient tenu la capitale sous un dôme de lilas, dans le parfum pourpre des amandiers que l'on voit boulevard de Belleville dans leur carcasse de prune. C'était comme si les rayons vaporeux de la lune s'étaient mélangés au reste de cendres du crépuscule pour faire de la boue d'aubergines. La grande terrasse de l'appartement donnait sur le cimetière, et le son des voix et les effluves d'alcool se perdaient dans le silence des tombes, passaient les pierres cassées en y cherchant des débris de vie, puis allaient s'étouffer dans la mousse. À cette heure-là, une bonne partie des fêtards étaient partis prendre le dernier métro, une trentaine de personnes continuaient de crier dans le salon, et je me suis aperçu plus tard que Flock était lui aussi sorti depuis un moment. Je suis resté seul dans l'air rose du balcon, sentant l'alcool monter en moi des marches que j'aurais à descendre plus tard, à l'envers. Ça commençait déjà à me suspendre au-dessus du vide, de la première à la cinquième cervicale, comme à une potence, en agitant ma carcasse de singe. Et je continuais de boire, à la rambarde froide, essayant de me redresser, mais ne pouvant lutter trop longtemps contre ce que je suis.

À un moment, dans un coin violacé de mes pensées, me

croyant seul, quelques larmes ont dû tomber. Peut-être à cause de l'air frais qui arrivait avant l'aube, qui me faisait froid aux yeux. Sans que j'aie pu la sentir approcher, Amalia est alors apparue à ma gauche. Elle avait une robe pourpre comme les flocons des amandiers, pourpre comme les poussières de l'aube qui flottaient autour d'elle, pourpre comme la couleur ecchymose qui m'avait envahi l'esprit. Ce fut comme une apparition, et en la voyant, enlisée dans cet univers, j'ai senti que nous étions tous les deux prisonniers d'une étrange force mauve, qui n'était ni vraiment de la matière ni vraiment de la pensée. Elle m'a accosté et m'a dit :

– Tu pleures ?

– Non.

– Tu as les yeux rouges.

– Ce sont des allergies.

J'ai passé le dos de la main sur mes yeux. Elle m'a dévisagé un moment. Ses yeux à elle ont semblé sortir de la brise froide. Je me suis approché. Cette fille allait me désangler.

Elle a regardé le fond de mon verre en plastique.

– Tu pleures parce que le vin ici est une catastrophe. Je ne sais pas qui a amené ce poison.

– C'est vrai. Il pique les yeux.

– Il ne faut pas en faire des inhalations, a-t-elle dit.

Elle a ri, et ça avait électrocuté la petite rambarde de fer, jusqu'à l'immense édifice d'en face, au-dessus de la petite colline, la cheminée du vieux crématoire, qui se tenait comme un poumon de pierre. Elle a regardé un instant le long parterre de tombes puis m'a dit qu'il fallait qu'on descende si on ne voulait pas se faire intoxiquer par le gars qui organisait la soirée. Elle venait d'arriver et elle voulait déjà partir. J'ai senti qu'à partir de maintenant, ce serait toujours comme ça.

Ses secondes à elle semblaient contenir davantage de temps, comme si, en les parcourant, elle se faisait aspirer dans les intervalles. C'est surtout qu'elle avait commencé son opération commando, elle était passée de l'autre côté du balcon, avait accroché ses doigts froids à la barre de fer et commençait à se balancer pour se laisser tomber. Le vent s'était levé et avait emporté un peu de nuit. Se tenant d'une main, elle venait d'allumer une cigarette. Elle a tourné la tête pour regarder le massif de tombes, comme s'il y avait encore plus de vie dessous pour l'attirer. Puis, lâchant une main, elle s'est retournée vers moi. « Tu viens ? » Nous avons marché longtemps dans le cimetière au milieu de la nuit rose, et nous avons fait l'amour là, la première fois, sur la mousse et les vieilles pierres, comme deux enfants dans un bac à cendres.

Cette nuit-là, le vent avait emporté un peu de cette puanteur, la mienne et celle de la ville, comme il avait toujours tout emporté à Paris, pendant des siècles, la peste, les Allemands, la mémoire des faubourgs, les mondes effondrés des ivrognes, ce vent qui roulait les rues, nettoyait avec sa palette de nuit la ville avant qu'elle ne se relève, repeignait le fond de l'air froid, comme une note claire dans le souffle creux d'un accordéon. Et ce vent roulait maintenant sur les épaules d'Amalia. C'était pour des filles comme elle qu'il branlochait les tréteaux de la ville au petit matin, qu'il secouait les pieds de la scène, pour qu'elles continuent de danser et de tourner, avant que tout ne s'effondre.

Tu m'avais dit
Je me demande qui prendra soin de toi
Quand je serai partie
Amalia
Maintenant, je chante sous une couverture froide
Il faut chanter
J'aurais aimé t'enfermer dans mes bras
Mais pour toujours tu restes et tu t'en vas

– 10 –

J'étais attaché par des fils imperceptibles à cette rangée d'ifs que l'on voit au bord du square de Montmartre, vers l'allée de l'Île-des-Pins, que ceinture la rue Ronsard. Quelques pins justifient certes le nom de cette allée, mais ce sont les ifs qui ont pris tout l'espace. J'ai fait de longues siestes sous l'enveloppe verte de leur djellaba. Les ifs étaient autrefois respectés par les druides, et le plus vieil objet connu de Neandertal est une pointe de javelot d'if, durcie au feu. C'est de leur gomme empoisonnée qu'on enduisait la pointe des flèches. Les Celtes, qui le nommaient *éburos*, prisaient l'if pour cette toxine. Son bois servait à faire les baguettes des prêtres, et César relate que Cativolcus, le chef des Éburons, du nord de Lutèce, préféra s'empoisonner avec le sang gommeux d'un if plutôt que de se rendre à Rome. Ni conifères ni résineux, ces ifs sont des êtres paradoxaux, ils sont mâles ou femelles selon les siècles, certains cousins encore vivants de ces arbres que nous coudoyons en descendant la bouche d'un métro, les yeux rivés sur nos téléphones, sont plus vieux que l'obélisque de la Concorde.

Ils gardent la mémoire de la ville. On a planté partout des ifs dans les cimetières parisiens car on dit que leurs racines s'enfoncent dans la mandibule des morts pour recracher leur mémoire dans l'atmosphère, par l'haleine des feuilles.

Alors qu'au Moyen Âge, ils soutenaient encore le ciel de Paris comme des tourelles, aujourd'hui, les ifs ne sont plus respectés. On en a mis partout dans les jardins à la française, taillés en haies de cônes ou de cubes, et autres crétineries. On les étouffe dans nos garde-robes avant qu'ils n'aient le temps de grandir. Il leur faut pourtant plusieurs siècles pour atteindre un peu de maturité et, quand on les laisse tranquilles, comme au Père-Lachaise ou à Vincennes, ils se taillent, sous les pluies, des troncs si épais que des Normands arrangent encore de petites chapelles dans leur renfoncement. Ils montent si haut qu'ils murmurent aux oreilles des nuages, et élèvent des branches si robustes qu'elles apparaissent seules capables de retenir la dérive de l'univers. Quand nous les aurons tous taillés en formes grotesques, le ciel n'aura plus de racines, et plus rien ne pourra le retenir de s'échapper.

Quand j'étais enfant, mon père m'avait seriné cette histoire selon laquelle les arbres travaillent à accrocher le ciel, qu'ils ont des branches plantées comme des clous au milieu de l'air pour amarrer le firmament, qui, lui, ne souhaite qu'une chose, s'échapper le plus loin possible. Mon père disait souvent n'importe quoi avec beaucoup de cœur, pour vider un peu l'air qu'il avait en trop dans les poumons ou liquider le tanin de ses bouteilles de rouge. En Algérie, il avait donné quelques cours de maths à des collégiens, mais il avait toujours préféré les courroies et l'odeur des huiles de vidange de Pantin où se trouvait le hangar qui l'employait. Je me souviens à quel point j'aimais la peau de ses mains et sa moustache légèrement cuite par les graisses brûlées des machines qu'il réparait. Cette moustache qui semblait s'être embrasée maintes fois à force de frotter sur une poulie, ses cheveux cuivrés, cette peau de térébenthine qui dégageait le soir un goût de caramel salé, comme l'odeur marine qui traîne certains matins sur les quais de la Seine derrière l'Hôtel-Dieu. Je le reconnaissais les yeux fermés à cette senteur épaisse et invisible dont ses bras étaient enduits. Je le sentais arriver alors qu'il prenait la première marche de la cage d'escalier.

Je me souviens d'un soir, lors du souper, alors que je devais avoir un peu moins de dix ans, que je peinais à finir mon assiette, je lui avais demandé pourquoi le ciel voulait s'en aller et si c'était le même ciel que celui où se trouvaient tous les autres qui étaient partis, ainsi que ma mère.

Il avait dû ouvrir une seconde bouteille de rouge, avait pris un crayon et son vieux calepin à petits carreaux, où il notait tout ce qui lui passait par la tête.

– Viens voir.

Je m'étais approché.

– Quand tu fais un pas, tu passes d'un point A à un point B. Disons que tu franchis un mètre.

Il avait gribouillé un dessin sur son journal. Le mètre se tenait entre A et B.

Je l'ai regardé, j'ai acquiescé. Il a continué.

– Maintenant, je vais diviser ce mètre en dix, puis chaque unité, je vais la diviser en 10, ainsi de suite. J'arrive à des unités toujours plus petites.

Il ne me paraissait pas insolite qu'un nombre se divise en une infinité de nombres plus petits.

– Regarde. Entre 0 et 0,1, il y a 0,01 ; 0,02 ; 0,03, etc. Chacun peut être divisé à son tour en 10, et chacun d'eux encore divisé en 10. Il y a une infinité de nombres. En tout cas, c'est possible de continuer de les diviser à l'infini. Il y a l'infini entre 0 et 0,1, et encore plus d'infini entre 0 et 0,5, et encore plus entre 0 et 3.

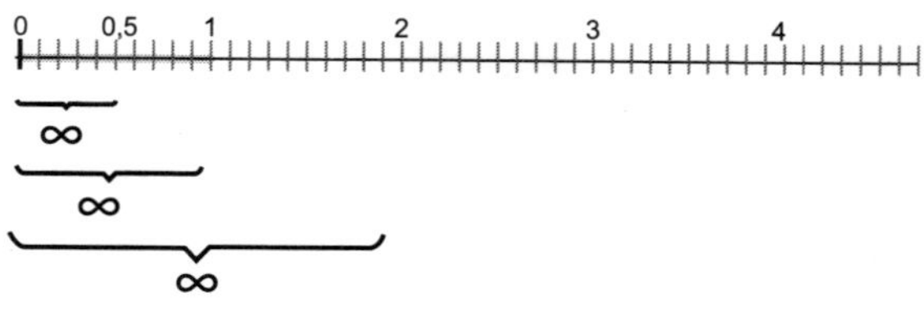

Enfin, il a repris en fixant ses yeux dans les miens :

– C'est ça, le ciel. Cette transparence. Ça ne s'arrête pas. Il faut bien l'arrimer à ce qui est mesurable, sinon il disparaît.

Je suis resté sans rien dire, et alors, il a continué :

– Vois-tu, Aden, chacun de tes pas, celui qui parcourt l'espace entre A et B, enjambe une distance infinie, comment fais-tu pour finir ton pas s'il y a une distance infinie à parcourir ? Il te faudrait un temps infini pour y parvenir. Est-ce pour cela que tu es si lent à porter la fourchette à ta bouche quand tu manges ?

Il souriait. Je n'avais plus faim. Je l'ai regardé, perplexe, sans bouger, de peur de glisser dans un millimètre sans bord. Mon père avait toujours cherché à me perdre dans des dédales à lui, peut-être pour voir si moi, un jour, je pourrais trouver la sortie et l'y conduire. Mais il a continué ce soir-là, pour être sûr que je ne retrouve pas facilement le chemin.

– Regarde la diagonale d'un carré. Si chacun des côtés possède une unité, le théorème de Pythagore permet de conclure que la diagonale équivaut à la racine. Donc la longueur de la diagonale, c'est-à-dire la droite qui se tient entre B et C sur le dessin, équivaut à :

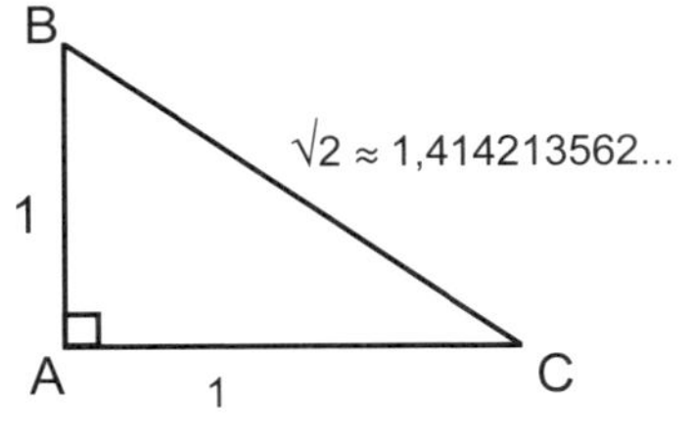

Je n'en savais pas encore grand-chose, mais j'ai acquiescé. Mon père a continué.

– C'est un nombre que l'on nomme irrationnel, car il ne

s'arrête jamais, ne répète jamais, après la virgule, les séries de chiffres qui le constituent. Pi aussi est un nombre irrationnel, ses décimales continuent à l'infini sans jamais se répéter. Concernant notre diagonale, si on devait la décrire sous une forme simple, elle équivaudrait à 1,414213562… Mais rappelle-toi, ce nombre ne finit jamais, ne se répète jamais. Maintenant vient encore ma question : comment autant d'infini peut se tenir entre ces deux points, B et C ?

Je n'ai rien répondu. Il y avait bien là un paradoxe : le dessin que mon père venait de faire sous mes yeux avait bien des limites, je pouvais franchir de mes doigts la distance entre B et C, et pourtant le chiffre qui désignait cette diagonale était infini, c'est-à-dire sans bord, sans limite. Il m'a semblé que les côtés du carré et la diagonale étaient deux êtres différents. On ne pouvait pas les comparer. Alors que les côtés étaient des chiffres ronds, la diagonale renvoyait à un nombre obscur. On ne pouvait pas les rapprocher et pourtant on parvenait à les maintenir sur un même dessin, un peu comme les arbres dont les branches fatiguées cherchent à arrimer le ciel qui ne peut se contenir lui-même. Était-ce comme ces trous noirs que l'on trouve un peu partout dans l'espace ? Ils sont sombres comme la nuit et pourtant ils ne sont pas faits de la même matière qu'elle. C'est dans ces creux opaques que l'espace se désagrège, mais nous le voyons à peine, car ils se fondent dans le reste du ciel.

J'ai dit un jour à mon père, bien plus tard :

– Il ne faut pas se fier aux nombres.

– Non, Aden. Ce n'est pas cela. Il faut apprendre à tout

élever à l'infini. S'il n'y a pas d'infini, alors tu ne peux plus t'échapper d'ici. Il n'y a plus d'anges, ni de démons, ni d'endroit où seraient les gens après la mort. Où crois-tu que se trouve Claire ?

Claire, ma mère, était tombée dans une de ces diagonales sans fond. J'ai peu de souvenirs de son visage, seulement une forme sans contour, comme découpée dans un morceau d'air. Ce n'est pas une image, peut-être une vague impression d'aube, ce qui me fait souvent croire que l'aube n'est pas un moment de la journée, mais une propriété des choses. Mon père et moi n'avions cessé de la chercher – même si nous aurions dû casser l'espace pour cela. Peut-être que cette étrangeté que j'ai attrapée très tôt ne vient pas de mon père. C'était seulement ce désir de la retrouver, elle, là où elle était.

– 11 –

Avril 2016

Depuis deux mois, la pluie n'a cessé de tomber. Le ciel continue de se vider, la Seine de monter sous le tablier des ponts, et la nuit de se tenir debout place de la République. De l'électricité parcourt partout les vieux toits de tôle bleue. Les radios ne parlent plus que de déchéance de nationalité, de crue du siècle, et nous glissons sur cette obscurité humide et moite qui n'est normalement pas celle d'un début d'avril à Paris. Les télévisions des bars montrent ces centaines de tentes de réfugiés le long du périphérique de La Chapelle, aux portes de la ville, avec la nuit qui s'échappe de leur ouverture insalubre, tous ces hommes qu'on laisse là comme des nuées erratiques de mouches, à côté de morceaux d'immondices, de boîtes de conserve tièdes. On vide les sacs de ceux qui ont dormi comme du bétail, on y met de la Javel pour qu'ils décampent. Ils veulent faire briller la Ville lumière, qu'ils disent. Mais ce n'est pas sur ce boulevard qu'ils feront défiler les athlètes du monde entier quand viendront les

Jeux olympiques de 2024, ce n'est pas cette paralympiade de la merde que l'on verra, celle qui court de la porte de La Chapelle à celle de Clignancourt. On verra les athlètes, sur leur podium, en bas de la tour Eiffel, faisant des sourires pour les marques, et faire rêver une internationale de la bourgeoisie, la connerie de l'enfer climatisé vautrée dans son canapé regardant les Noirs sauter à sa place. Et tous les autres coureurs, les rameurs d'ici et d'ailleurs, qui rament à Clignancourt, là où il n'y a plus d'eau, les sprinteurs de la petite couronne, les sauteurs de haies, les lanceurs qui ne peuvent pas jeter leur bagage bien loin et les autres qui reçoivent les marteaux sur un coin de la tronche, ceux qui doivent sauter sans perche, à qui on n'en a jamais tendu, et ceux qui font le relais en tour de nuits, pour surveiller les affaires des autres. Et cette longue course d'endurance pour échapper aux flics, qui va durer des mois, encore, autour de la petite ceinture. Ceux-là, c'est sûr qu'on ne va les faire monter sur aucun podium, et qu'ils ne feront rêver personne parce qu'ils courent avec trop de honte.

Ce début de soirée, alors que je suis assis à une terrasse, à attendre que tout recommence, j'ai l'impression que l'incendie du soir a surgi d'un geste anodin, comme un mégot jeté sur une forêt sèche. Je lève les yeux pour regarder des nuages ternes recouvrir une petite cour dont on a laissé le portail ouvert, quand soudain, de l'autre côté, une mystérieuse vieille femme, habillée d'un châle noir, d'une robe grise sans bord, de chaussures dans lesquelles peinent à entrer ses chevilles gonflées, entourée de quelques pigeons, semble frapper le sol de sa canne, là où un dernier rayon du jour est venu se rouler. La petite clarté glisse sur son pommeau, ricoche sur le cuivre d'une lampe à une fenêtre, se change en un vert-brun, en bleu pâle sur le manteau d'une passante, puis en bleu nuit dans la vitre noire derrière elle, et repart au-dehors comme un javelot, portant ses peintures de guerre. Elle entre violemment dans le nuage grisâtre. Les nues remuent. Et soudain, gonflé, le nuage éclate de rayons dorés, comme une gourde de lumière trouée.

Quand cette ville se sera écroulée, il n'y aura plus qu'un grand trou de gravats. Quand les étages de ses phares de béton seront retournés sous terre, peut-être dans quelques centaines d'années, nous aurons rendu à la plaine et aux arbres ce que nous leur avons emprunté. En Amazonie, au cœur de la forêt, ils ont retrouvé les traces de civilisations très anciennes qui maîtrisaient les techniques de poterie et la domestication. Tous les signes que nous prêtons aux civilisations avancées. Je ne veux pas de retour en arrière, mais j'aime cette idée que les peuples amazoniens auraient une préhistoire inverse de la nôtre. Ils auraient connu les grandes révolutions techniques, gravi les marches du progrès, puis en seraient revenus, auraient décidé de tout laisser tomber, retourner vivre leur vie dans la forêt. Nous sommes condescendants, nous les avons crus dépourvus de tout, devant chasser chaque jour ce dont ils avaient besoin, et nous imaginons qu'ils sont notre préhistoire, alors que peut-être nous sommes la leur.

La baston de La Chapelle et l'éloignement d'Amalia m'ont fait déraper les premières semaines de mars. Son départ est devenu le premier jour de mon calendrier. Elle a commencé à tellement me manquer que ça me faisait des coups de poing dans les côtes quand je respirais, qui remontaient et continuaient de résonner à l'intérieur de la cage thoracique comme les vibrations d'un gong. Le soir, je me pliais dans le lit, et mon corps tremblait d'une tristesse sans larmes, un mal au cœur si douloureux qu'il semblait que la ville entière pouvait m'entendre couiner. Ces tremblements étaient des sortes de qui-vive exténuants, et cela faisait bien longtemps que je n'avais plus vraiment dormi. Une mue commençait et quand on se quitte soi-même, on déchire une sorte de chair. Chaque coup travaillait mon caisson de part en part, avec la douleur particulière de chaque organe réveillé par le choc, le cœur, une contraction à blanc, qu'on frotte avec des pinces de fer froides, et ces grelottements, comme si aucune couverture ne pouvait plus les arrêter parce que le froid surgissait de l'intérieur. Cette douleur est impossible à dire. Le langage est une entreprise de construction, il ne peut pas saisir ce qu'est la dévastation véritable. Cette douleur est impossible à dire, parce qu'il faudrait mettre au jour ce qui n'a que la forme de la nuit.

Mon téléphone avait disparu le soir où nous avions pris des coups avec Flock. Je n'avais plus la force d'en bricoler un sur l'étal de Barbès, car de toute façon, Amalia n'appelle pas quand elle s'en va, elle attend que le hasard décide, que les étoiles s'alignent, comme la ville au crépuscule, elle finit par rentrer en elle-même. À l'heure où j'écris ces lignes, elle se trouve dans les bras d'un autre. Un soir de fin février, alors que j'étais sorti de l'appartement, que je me sentais un peu mieux, je m'étais offert une petite promenade de santé jusqu'à Oberkampf en chinant une ou deux clopes au passage, et alors que je traversais la rue Moret noire de monde vers minuit, passant la file qui attendait de rentrer à l'*International*, je l'avais vue, elle, derrière un hublot sombre, sans qu'elle ne me voie, et ça m'avait fait sauter le cœur, comme des kilos de poudre dans les ventricules. Je l'avais vue près du comptoir, alors que je posais ma tête sur la petite lucarne gondolée par la chaleur, qui donnait l'impression que l'intérieur du bar était opaque, qu'il avait été fait dans le même moule d'air que la vitre épaisse. Je m'étais penché là à cause de la musique, parce qu'il semblait y avoir de l'ambiance là-dedans, et je m'étais arrêté comme si, après avoir cherché longtemps d'où venait un bruit, j'avais enfin trouvé le lieu d'où partait la rumeur de la ville, celle qui montait en rires le vendredi sur les boulevards. En collant mon œil contre la lucarne, j'avais d'abord vu les banderoles de « Convergence des luttes », celles de Nuit Debout, puis, juste en dessous de l'une d'elles, j'avais reconnu Amalia, les yeux fermés et le regard tassé sous les paupières, je m'étais souvenu de son corps, sa manière de bouger, dansant sans souci de rien, sur une table, serrée contre d'autres, dans la pénombre, au milieu de la fumée, avec sa petite chaîne d'or suintant tous les reflets de bière. Je n'avais pas bougé et j'avais ressenti cette tristesse qui m'avait pris un jour à l'aquarium du Trocadéro, où derrière la vitre opaque, un obscur poisson plat s'était arrêté, m'avait fixé de son œil houleux, illuminé de l'intérieur. Il avait compris, je crois, que nos deux mondes ne pourraient jamais se toucher, qu'entre la certitude de l'air et la certitude de l'eau, c'était l'illusion du verre qui lui faisait croire que nous nous mouvions dans la même texture. Et Amalia aussi m'était apparue comme dans un autre milieu, impénétrable, derrière la vitre embuée, dansant entre le son rouge et la pénombre, au bruit d'un orchestre électro-tzigane, qui frottait des cordes en provoquant une sorte de douleur, et une basse qui lui donnait des coups de batte au cœur. Elle était là, les yeux fermés, plus libre encore qu'autrefois. Je me suis souvenu d'elle. C'était avec cette liberté qu'Amalia se collait au monde, qu'elle secouait ses jointures, avec un peu de ce rire rauque qu'elle gardait au fond des poumons. Je savais qu'Amalia tournerait et continuerait de tourner quand la Terre aurait fini sa circonvolution, et elle redemanderait encore à boire pour tout le monde, avant qu'ils ne ferment le bar, avant que l'univers lui-même ne disparaisse, elle continuerait de se tenir là, au-dessus de je ne sais quel vide, un verre levé, en criant « On lâche rien ! », avec ce visage devant moi donnant l'impression de ne rien faire d'autre que de résister, mais d'être très concentrée à le faire, continuant d'écrire ses plus belles pages sur une machine à écrire sans feuille. Un blond était à côté d'elle, comme une ombre résineuse qui voulait se coller un peu plus à son corps, sa main la cherchant dans la pénombre, je l'ai vue plonger sous son débardeur noir. Et j'étais là dehors, dans un endroit absurde, comme un clochard, avec mon manteau malpropre et la peau du visage huileuse, déambulant parmi les morceaux de verre et des bouteilles. J'ais mis plus longtemps ce soir-là à regagner l'appartement, et chaque marche m'a paru un mur. Il faisait froid dans la chambre, les fenêtres étaient restées ouvertes. Il y avait les restes du dîner. Depuis qu'elle était partie, il me semble n'avoir pris qu'un seul repas, que je n'arrive pas à finir et qui reste là à attendre sur la table que je revienne.

Elle me manque tellement. Ses rires, le violet dans ses yeux, les reflets pourpres de ses cheveux, son aplomb punkoïde, sa gorge sans chair. Je la veux tout entière. Je n'ai jamais été jaloux, je n'ai jamais eu le temps de l'être, c'est surtout que pour les grandes joies à venir, elle ne sera plus là. Je ne ferai plus la révolution avec elle. Je la vois maintenant debout dansant dans l'appartement comme une ballerine gelée, la peau de ses joues comme tirée par des mains invisibles. Nous sommes condamnés à ne garder que de petits flacons avec l'odeur des choses passées. À chaque fois que nous les ouvrons pour l'inhaler, un peu de leur parfum disparaît, et avec les années, mes souvenirs n'auront plus de senteurs.

Plus les nuits passent, plus je sens que cette ombre obscure, réveillée un soir par un gitan de la petite couronne, s'accroche un peu plus à la mienne, s'enfonce sous mes semelles, comme une silhouette de travers. Cette créature me plonge dans une douleur uniforme, elle appuie à l'intérieur de mon thorax comme un nerf noir et spongiforme. Plus les jours passent, plus l'ombre m'empêche de dormir, et mon appareil de contrôle, ma machine à inhiber les peurs se rouille et laisse place à cette angoisse claire, qui tient la nuit en éveil, une crainte proche de ce que la conscience a de plus primal. Cette peur, on ne peut rien en dire, on ne peut rien en apprendre. Elle est gratuite et sans intérêt.

Ce soir-là, quelque chose a commencé à se chercher. La cuillère posée sur l'évier a semblé fouiller sous la lumière de la lampe ; les taches sur le mur, le bruit du plancher, les plis de la nappe sont descendus inquiets en quête de quelque chose. La vieille orchidée sans pétales s'est courbée. Je me suis couché en silence, puis me suis réveillé suant vers trois heures. À la fenêtre, le ciel entrait comme une vague froide et recouvrait la ville. J'ai vu, cette nuit-là, les mouettes du toit, avec des embruns d'eau froide, le bec corrodé de sel, rongées par leurs derniers souvenirs de mer. Notre vieille voisine, la Lardel, était occupée à lire dans son fauteuil, sous la lampe qui illuminait la pièce comme un phare. Se dessinaient dans son petit salon les ombres de lions de mer entre les chaises de sa table, laissant apercevoir dans la pénombre son assise comme un rocher rugueux et le dos d'une baleine. J'ai entendu une voix résonner au milieu de mon front.

– Que se passe-t-il encore ? Il fait froid ici, il ne faut pas laisser la fenêtre ouverte.

– Aden ?

Je n'avais rien répondu. Les voix parlaient de partout comme si je n'étais pas là.

– Il ne dort pas ?

– Non.

– Quelle est cette odeur de brûlé ?
– C'est comme ça que ça sent. C'est l'odeur de l'aube.

*

Tout s'est écroulé l'après-midi du dimanche 3 avril 2016. Cet effondrement a fait suite au trou qui avait été creusé dans mon duramen, mon bois le plus dur. Tout a commencé sur la petite place de Torcy, près du marché de l'Olive où je respirais un peu d'air frais. J'ai entendu une vieille cabine téléphonique sonner, une de celles qu'ils avaient encore oublié d'enlever. Il n'y avait personne et j'ai décroché. Au bout du fil, une voix parlait comme à contretemps, me dit de prendre rendez-vous chez un médecin, d'aller à l'hôpital pour que l'on m'aide. Elle ne m'a rien dit d'autre et je suis resté un instant pantois dans la cabine. J'ai d'abord cru à une mauvaise blague ou à une caméra cachée. Puis j'ai eu la sensation que c'était un film à propos de moi, mais que je n'étais plus vraiment là pour le voir, que la caméra s'arrêtait sur mon visage, que je regardais au fond de la vitre de la cabine, cherchant, inquiet, qui pouvait bien être en train de filmer.

Alors que je m'étais levé et que je traversais la rue de La Chapelle, juste en face de la petite église Saint-Denys, encastrée entre les immeubles et la place de Torcy, j'ai commencé à sentir des picotements dans mes pouces, suivis d'un craquement, un coup sur la nuque, presque rien, je n'ai pas fait attention d'abord, tout m'a paru un peu plus blanc, comme de la lumière de neige, sans couleur, mais avec une sorte de saturation. Il m'a semblé que la lisière des rues s'effritait en petits blocs, comme par pavés, et j'ai eu la sensation que les façades se fracturaient comme dans ces tableaux cubistes, en petits morceaux, et derrière l'église, les immeubles se pliaient comme du décor de carton-pâte, sans qu'on n'arrive à distinguer ce qui se trouvait de l'autre côté.

C'est alors que la structure blanche est apparue partout derrière les façades, comme sur les parois d'une grotte. Elle a envahi l'espace, impossible à décrire, c'était comme boire le fond de l'air. Toute la douleur est partie en une poignée de secondes, comme s'il n'y en avait jamais eu. On ne peut pas décrire cette sensation, on ne peut pas communiquer avec elle. C'est une sorte de lampe qui brûle, comme un champignon en train de s'étendre, une espèce de mimoïde qui grandit, change, devient de plus en plus solide, essaye de fermer ses coins, faire sa toilette, sans parvenir à coïncider avec lui-même. La surface est une sorte de mésogelée, faite de stries cartilagineuses et à certains endroits vitellogène, phosphorescente, translucide. Ça brille comme de la nacre, à la surface, ça nous libère de ce que l'on est, et ça fait entrer une pulsation pure. Quand on sent cette Chose, même quelques secondes, je crois qu'on n'a plus qu'une seule idée, la retrouver, la chercher partout comme une obsession, ne rien confier aux autres, mais tenter de rattraper ce fond translucide qui glisse à l'intérieur des formes.

Une voix, qui n'était pas extérieure, mais comme empâtée

dans la mienne, un « tu » enfoncé, une forme de langage plus intime que le tutoiement. Le langage dans ma tête essayait de décrire le mimoïde, et cette vieille Chose observait le langage, et avec son langage, décrivait le langage. C'est ainsi que j'ai senti que ça essayait de communiquer. Ces structures blanches que je faisais depuis longtemps, c'était pour parler avec cette Chose très ancienne. Je ne comprends plus rien, comment Amalia et moi avions habité ensemble une chambre ? Maintenant, c'était cette chambre qui nous habitait. Nous devenions l'appartement dans lequel nous nous trouvions, avec sa forme, ses espaces, ses objets, son atmosphère, sans plus de différence entre l'intérieur et l'extérieur, comme si nous étions simplement l'espace entre deux murs. J'étais au milieu de la rue, et c'est à ce moment que tout a disjoncté et je ne me rappelle rien.

Je me suis réveillé, au sud de Paris, à Soisy-sur-Seine, dans une clinique qui s'appelle l'Eau-vive. Je crois que je suis tombé dans cette diagonale sans fond dont mon père m'avait parlé, incommensurable, et d'où il est difficile de remonter seul. L'hôpital était dans un grand parc. Dès le premier jour, j'ai senti que j'y respirais un peu mieux l'air de campagne. L'hôpital était séparé du reste du monde par un long mur de pierre. La porte d'entrée semblait comme le tain crayeux d'un miroir, laissant entendre qu'il y avait, gardés par cette masse de pierres taillées, d'un côté le monde des gens normaux et de l'autre celui de quelque variété d'invertébrés. D'un côté, près des routes, il y avait les dortoirs des salariés, de ceux qui peuvent se lever, se tenir droit le matin et travailler, et de l'autre, il y avait des chambrées où les lois de l'esprit se contorsionnent, où tous ne sentent pas le temps et l'espace avec le même poids, où pour beaucoup le grand arbre au milieu du jardin change de texture selon les heures du matin. Les premiers jours, j'ai déambulé dans les couloirs sans savoir où j'étais. Un des patients, assis sur une chaise, semblait manger les fils d'une petite couverture qu'il tirait avec ses doigts, mettait en boule, et avalait minutieusement. Le vieil hôpital paraissait maquillé de peinture neuve, mais le petit lavabo dans l'angle de ma chambre craquelait, les chaises grinçaient, et de l'air froid passait entre le cadre de la fenêtre et la vitre.

J'ai mis du temps à comprendre ce qu'il m'était arrivé, jusqu'à ma première conversation avec le psychiatre, bien des jours plus tard. Je lui ai expliqué les choses de manière très floue en lui disant que l'air s'était mis à gondoler. Il n'a pas paru trop inquiet, et je crois qu'il avait vu bien pire. Les premières séances, après avoir fait quelques examens, il m'a parlé d'épilepsie, du fait qu'on avait fait beaucoup de progrès, depuis une dizaine d'années, dans la connaissance de cette maladie, les études montrant que l'on peut faire des « pseudo-crises ». Les symptômes sont exactement les mêmes que ceux d'une véritable épilepsie. Le cerveau est aussi électrisé. Ils n'appellent plus cela des « pseudo-crises » mais des CPNE, des crises psychogènes non épileptiques. Ce sont exactement les mêmes symptômes, mais ce ne sont pas des anomalies cérébrales. Je lui ai dit que ma mère avait eu une maladie et qu'à l'époque, ils avaient parlé de psychose hallucinatoire chronique. Le médecin n'a pas semblé vraiment intéressé. Il a parlé plutôt de « phase prodromique », de « déréalisation » ou « dissociation », en disant que lorsqu'une personne vit un trauma, un événement impossible à supporter, comme la mort d'une mère, il peut arriver que la dissociation aide à surmonter le choc : il suffit de créer une autre instance du soi, plus solide, plus à même d'incorporer l'événement, un autre individu en soi, lequel pourra accepter le coup violent. Ainsi en est-il peut-être de cette créature que je sens parfois. Cohabitent en nous plusieurs moi, plusieurs contractions d'habitudes héritées du passé, qui nous permettent de faire face à des événements distincts. La plupart des gens sont capables de les tenir ensemble. Mais si un nouveau trauma déstabilise trop l'organisme psychique, ce cuir protecteur peut alors revêtir une sorte de vie autonome. Le *duende* était peut-être fait de ce genre d'étoffe.

Les nuits qui ont suivi, je suis resté seul dans le lit blanc sans pouvoir dormir, la main tendue sur le bord des draps, à agripper quelque chose qui n'était plus là. J'ai continué de sentir cette présence. Une fois, sur les murs blancs de la chambre, j'ai vu se dérouler les images d'une ancienne grotte préhistorique, grandir des espèces de fougères immenses, des plantes qui n'existent plus maintenant, d'immenses conifères aussi, de ces sortes de jungles jurassiques ou crétacées, avec cette fumée qui venait au matin quand le sol était plus chaud que l'air de l'aube, et je me suis trouvé au milieu d'un brouillard qui épaississait toujours ma chambre et qui sentait le brûlé. Tout cela apparaissait sur les murs et le plafond, je levais les yeux et il y avait des constellations impossibles à reconnaître, comme si ces visions m'observaient plus que je ne les contemplais. La Chose n'était pas loin. C'était comme une créature qui n'était pas dans le temps, qui continuait de pousser éternellement à côté d'une fougère.

Les premières semaines, j'ai eu souvent peur, mes pensées n'arrivaient pas à se calmer, cette crainte de devenir une épave soufflait sur elles comme sur des tisons, la peur de finir ma vie à hanter cet hôpital, à errer entre ces tessons d'humains qui tournent sur eux-mêmes dans les couloirs du métro et qui regardent les enfants dans le square Cavaillé-Coll, du fond de leur œil blanc. Il y avait toujours plusieurs voix qui s'entremêlaient à la mienne, et cette voix principale, qui avait surgi à côté de la place de Torcy, continuait de cogner sur mes tempes comme sur un tambour. Elle parlait de moi à la troisième personne, elle disait : « Qui, de lui ou de moi, est un étranger sur cette terre ? » Elle était installée dans l'espace qui m'appartenait avant son arrivée, mais c'était aussi comme si elle était là depuis si longtemps que, dans ma tête comme dans la ville, l'étranger, ce serait toujours moi. La voix répétait entre les murs vides de l'hôpital : « Quelle est l'espèce qui a occupé le plus longtemps ce lieu, et à qui appartient-il encore ? » J'avais du mal à me faire une image de ce qui se tenait derrière cette voix, je le sentais curieusement comme une sorte de squelette respirant, le chaînon manquant entre les sauriens et les poules. Il n'était constitué que d'une vieille carcasse, avait des dents mais pas de bec, pas de peau, et il manquait des serres à ses doigts en ruine. Il était courbé et avait les os laiteux, claquemuré dans un bloc de pierre. Les lumières de Paris scintillaient dans ses yeux vides comme la carte du ciel.

Pendant trois semaines, le psychiatre m'a donné des benzos et du Rivotril pour me calmer. Pour être tranquille, je l'étais, mais j'ai mis beaucoup de temps à recouvrer mes esprits, juste de quoi ne plus me faire accrocher quand criait la voix. Je crois que ma vraie maladie, c'était cette étrange fatigue qui s'était mise à accompagner toutes mes pensées. Pendant des jours, plus aucune ne me semblait digne d'être suivie, et je suis resté prisonnier d'un fond blanc et cotonneux. Si l'on connaît les mécanismes synaptiques qu'elles stimulent, on ne sait pas trop ce que ces substances font exactement au cerveau dans son ensemble. Certaines sont à la fois utilisées pour la schizophrénie, l'anxiété et l'épilepsie. C'est comme vouloir éteindre un feu de camp avec un Canadair. Si vous êtes schizophrène, ça vous tranquillisera. Si vous êtes dépressif, ça vous apaisera. Si vous êtes épileptique, ça vous calmera. Mais ce sera toujours la même molécule qui viendra exploser un peu n'importe où dans le cerveau et anéantir toutes les autres fonctions. Je ne sais pas ce qu'est cette créature, mais ce que j'ai compris, c'est qu'il y a peu de choses romantiques à en dire. Les voix qui parlent ne sont souvent que l'écho du non-sens ou de l'hostilité au fond des choses. Ce qui est arrivé, c'était une sorte de court-circuit, mais les psychiatres n'y connaissent rien en électricité.

Je crois que c'est dans une soupe d'obligations que se forment ces voix, c'est dans ce minestrone que nous barbotons, et toutes ces raisons que nous nous donnons, « fais ceci, fais cela », « parce que ceci, parce que cela », on les récupère de l'extérieur. Comme de vieux croûtons, elles se posent, s'imbibent et se disloquent pareilles à des cubes de bouillon, et nous les avalons sans réfléchir. Nous sommes possédés par ces multitudes de petits syllogismes prêts à l'emploi, des petites capsules de pensées toutes faites. Cette voix dans notre tête, des idées prêt-à-porter comme « elle ne veut pas me voir », « il faut travailler », « une rose rouge est toujours un plaisir », « un ami se doit de faire cela », « ceci est un mauvais livre », ce sont les conclusions de raisonnements invisibles, faits à la va-vite, qui nous possèdent, qui nous hypnotisent, et ces synthèses que nous appelons nos raisons ne sont que des débris brillants flottant à la surface, qui s'accrochent aux yeux, se fixent comme des magnets, s'assemblent parfois comme des vers, se déploient comme des origamis, mais n'ont pas de vie au-delà de leur chatoiement. Ces queues d'arguments, ces petites déductions encapsulées que nous prenons pour nos intentions, que nous pensons avoir constituées nous-mêmes, ne sont pas inoffensives, ce sont de véritables parasites qui nous dirigent, qui nous poussent à nous lever le matin, sortir le soir, nous donnent des buts, nous font rougir, nous embrasser, peindre et écrire, et tourner nos univers. La société fonctionne sur cette hypnose, nos conversations répètent ce que les autres nous disent, ce que les radios diffusent partout, et ce qu'un chef de cuisine raconte sur les asperges nous charme, ce qu'un économiste nous dit de la dette publique nous ensorcelle. On écoute toujours des suites de raisonnements invisibles. Mais c'est parce que je sentais de plus en plus que mes pensées n'étaient pas vraiment à moi que la question du « qui suis-je ? », avec laquelle aucun psychiatre ne peut rien faire, me tétanisait. Elle devenait une démangeaison plus purulente à cause des grattures. Je me disais, il y a bien un sujet qui croit ou ne croit pas en ces voix ? Sommes-nous deux, celui qui parle et celui qui écoute ? En réalité, je me rendais souvent à l'évidence que je n'étais que l'effet de ces mille pensées flottantes. Le « je suis » est une conséquence et un résultat, il vient après, mais avec l'idée qu'il était là avant, toujours à force de syllogismes brinquebalants. On se croit si exceptionnel avec nos pensées à nous, alors qu'on ne fait que se passer les mêmes justifications, les mêmes arguties à peine déguisées depuis des siècles, on les recycle et on les remet en circulation, « le monde devrait être comme ceci ou comme cela », « le café se sert ainsi », « il vaut mieux être aimé que ne pas être aimé ». Tous ces souvenirs, ces contractions, qui deviennent des règles de prudence, de la moraline pour encombrer l'être, au bout d'un moment, quand ils ont suffisamment de consistance, par je ne sais quel mécanisme, ils deviennent aussi réels dans nos têtes que des voix extérieures. Pourtant, il n'y a rien de plus impersonnel que ces petits raisonnements qui se font tout seuls, leurs conclusions et ces sensations de vérité s'installant comme des parfums, et un jour, il faudra vomir ces alcools, balayer d'un coup ces nuages de moustiques. Ce que j'ai senti à l'hôpital, c'est que l'espèce humaine ne parle pas, elle est parlée par ces virus qui ne sont que des parasites, lesquels veulent continuer de survivre dans le biotope de nos esprits. Qui suis-je ? Toutes ces pensées sont encore prises dans la forme du syllogisme, dont le dispositif est comme une vieille armure censée nous protéger, mais qui finit par nous asphyxier.

– 12 –

Mai 2016

Je continue, pour Amalia, d'écrire et de garder tout ce qui tombe du printemps, l'odeur des arbres sous la pluie, les charmilles vertes du parc de l'Île-Saint-Germain et la mélancolie à l'origine des mares de pluie. Et plus tard, quand la nuit déchoit, je garde encore pour elle la mémoire de chaque croisée de verre dans les rues, je les retiens pour lui en faire un collier, et quand je me couche le soir, j'ai encore dans les yeux ces mille grains lumineux, comme perdus dans le ventre obscur et étincelant d'une ancienne locomotive. Amalia avait grandi quelques années près d'un volcan, dans un pays de sang et de cendres. Elle avait dormi toutes ces années près de moi, si belle et si douce, et s'était allumée une nuit froide, avait pris feu, et depuis des semaines maintenant, me laissait dans cette fournaise qui ne peut être éteinte ni par la pluie ni par la poussière. La petite fille du volcan a déréglé le climat.

Quand je suis rentré à Paris, je n'avais toujours pas de

téléphone. Cela faisait presque un mois que personne n'avait de mes nouvelles. Je ne savais même pas si j'avais bien fermé l'appartement, et je m'étais dit que Flock y était peut-être passé pour voir si j'y rôdais, surtout s'il restait quelque part de la vodka et des zakouskis. À cause de cette tendance que j'ai de claquer la porte en laissant les clefs à l'intérieur, et parce que après m'être fait un double, j'avais laissé à Flock le trousseau qu'Amalia avait posé sur la table le matin où elle était partie. Ça me faisait mal aux yeux de le voir là et j'avais pensé que c'était plus sûr qu'un autre ait les clefs. Voilà maintenant quatre mois que plus personne n'avait payé le loyer et peut-être qu'une agence était passée pour savoir de quel binz il retournait. Quand je suis sorti de l'hôpital, cette fin d'après-midi, avec du Rivotril partout dans le sang et dans les poches, je me sentais reposé, mais je n'avais pas envie de croupir seul dans l'appartement. Je me suis dit que j'irais trouver Flock dans sa petite église. Descendu place d'Italie, je suis remonté à pied vers le nord. Le boulevard de l'Hôpital semblait sortir du chaos. Des affiches de la CGT étaient collées partout sur le mobilier urbain, des tracts tourbillonnaient dans la brise de l'après-midi, des fascicules jonchaient le sol. Une manifestation contre la loi Travail défilait, et la fin de cortège traînait au loin vers le pont d'Austerlitz. Quelque chose ne se calmait pas dans la ville, et les tracts envolés, les mêmes qui couvraient le sol des rues, faisaient de ce printemps une sorte d'automne rouge. Sur les quais, près du pont d'Austerlitz, rive droite, les voitures qui passaient le boulevard en dessous du tirant d'eau semblaient plonger directement dans le fleuve, comme des bancs de narvals.

Je suis arrivé en début de soirée devant l'église Saint-Vincent-de-Paul, sans argent ni rien dans le ventre, et j'ai vu Flock, debout, entre un cierge pascal et un prie-Dieu, bicravant ses bouts de résine dans la chapelle la plus éloignée de la sacristie, à une lycéenne aux cheveux en cadenettes qui lui cachaient les joues. Il avait l'air dans les meilleures dispositions avec l'univers, et il lâcha, me saluant en faisant à peine l'étonné, que je pouvais l'attendre dehors, car ils « arrivaient par cars ». Je venais de l'extérieur et je n'avais remarqué que quelques mouettes sur le bord du parc, quelques pigeons qui ne marchaient pas droit, comme s'ils avaient piqué dans la calice de l'autel. Je sortis l'attendre. Deux jeunes qui s'étaient enduits de lotion après-rasage jusqu'à la racine des cheveux, assis sur les marches, grillant patiemment un joint, attendaient aussi que Flock vienne les chercher. J'ai discuté avec eux. Ils m'ont raconté que depuis plusieurs soirs, pour les faire fuir, près du lycée Decour et du square d'Anvers, de vieux schlagos avaient mis des boîtiers d'ultrasons aux fenêtres de leurs appartements, pour les disperser et éviter qu'ils ne se rassemblent sous leur porche. On appelle ça des « mosquitos », m'ont-ils dit, ils émettent de ces sons très aigus que les oreilles des enfants ou des adolescents perçoivent mais que les vieux ou les adultes ne sentent plus. À partir de quand perd-on l'oreille ? Ils n'en savaient rien, mais ils allaient déglinguer ces mouchards. C'était de bonne guerre, c'était bruit contre bruit, mais ce qui sourdait dans la grande ville, ce n'était pas seulement la lutte des nantis et des pauvres, des Blancs et des basanés, des installés et des exilés, des jeunes et des boomers. Autre chose aussi se tendait avec les pluies. Quand la fille est sortie, puis qu'ils sont entrés, je suis resté seul dans le jardin où traînaient quelques pauvres hères.

C'est alors qu'au fond du parc j'ai vu approcher une silhouette dont la démarche m'a semblé familière. Je suis resté un instant perplexe et j'ai reconnu le Caló qui s'avançait à pinces, comme une sorte de crabe, il ne me voyait pas encore, légèrement tourné, regardant derrière lui comme pour être sûr qu'il n'était pas suivi. Il avait encore son allure d'Apache, quelque chose d'un grand veneur, peut-être à attraper des rats dans son petit pull bleu marine et un pantalon blanc serré, les cheveux longs et mal peignés sous un bandeau rouge, comme un braconnier sorti de derrière, d'un passage ténébreux dans un buisson. Il était seul, avançant à la mohican. Je me suis rappelé d'un coup que c'était un être tordu, et comme ces boîtiers mosquitos, toute sa personne semblait résonner d'un bruit que je ne pouvais pas percevoir, de ces basses fréquences qu'émettent certains animaux la nuit, que nous pouvons ressentir mais non entendre, jouant chez lui une sorte de sarabande baroque. C'est lui, je le sais maintenant, qui a réveillé les démons du quartier. Paris est construit sur des siècles de cimetières, il y a des fantômes de partout, et il avançait comme une ombre parmi les ombres. Voyant louvoyer sa silhouette sombre, j'ai senti la fumasse, j'ai compris que je ne pourrais plus jamais encadrer les zingaros de son espèce, ceux incapables d'honnêteté avec leurs cheveux plaqués en queue-de-morue. Tandis qu'il continuait de s'approcher, les lampadaires aux abords du petit parc se sont allumés simultanément, et il m'a vu. Je me tenais adossé contre un banc, et sans un signe, je me suis reculé un peu sur mon siège, puis remis droit. Il était suffisamment près maintenant pour planter ses yeux pégueux dans les miens comme autrefois, ces yeux qui avaient réveillé cette folie et foutu le zbeul dans la ville. Il est resté ainsi un moment debout devant moi, sans parler. Je n'ai vu que ses narines parce que je n'ai pas levé la tête. Un manteau de vapeur brune envahissait le parc en longeant ses bords. Puis j'ai levé le regard vers lui, le bonhomme semblait sortir d'un concile de gargouilles, comme celles qui se tiennent à Notre-Dame au-dessus de la ville et qui nous crachent dessus, dans la nuit épaisse et mouillée.

La dernière fois que j'avais vu cette canaille, elle se tenait à quelques mètres de moi, à Stalingrad, pendant que j'avais la gorge fixée par un couteau et que Flock était lacé par le cou, crachant des sons vides. J'ai allumé une cigarette et me suis rappelé ce sourire de mauvaise joie, espiègle, qu'il avait eu, que je vois encore parfois dans la forme des nuages de ce printemps de merde. Nous sommes restés longtemps sans parler, j'ai regardé la flaque et la boue autour du banc, sentant sur moi ses yeux de la même tourbe. Puis il m'a demandé où j'étais passé, m'a dit que ça faisait des semaines que lui et Flock avaient repris, qu'il lui avait amené un *regalo* de cinq mille euros pour se faire pardonner et que tout était reparti. Il n'avait rien pu faire sur le moment de la cognerie, il s'excusait, c'était comme ça qu'on businessait avec ces gars. Comment dit-on en français ? une *chupeta*, il m'a fait en mettant un doigt dans sa bouche comme s'il lustrait un manche. Je lui ai dit « enculade », comme tout ce qu'il avait l'habitude de donner. Et comme nous n'étions pas partis du bon pied, il a bafouillé des trucs que je n'ai pas compris. Il avait eu besoin de se mettre des gars de son côté pour d'autres raisons, me dit-il sèchement, des gars de la Garenne-Rancy, et que ce mec, Neven, il fallait absolument continuer de businesser avec lui. « Je ne peux pas m'empêcher d'attirer les vautours, a-t-il dit, c'est que je suis déjà à moitié charogne. Ça ne va plus durer longtemps, quand je partirai, je te laisserai un vrai cadeau, rien que pour toi. » Je suis resté silencieux. J'ai cherché une clope et de la consistance en fouillant le fond de ma poche.

Il avait dit cela avec une voix de dératé, une voix qui n'avait presque plus de souffle, mais autre chose m'avait arrêté, c'était le sac à main Gucci de bonne facture qui pendait à un de ses bras, comme s'il sortait d'une journée à se faire timonner sur les trottoirs de Clichy. Je me suis rendu compte que je n'avais aucune idée de comment ce gars employait son temps. J'avais l'impression qu'il était différent de la dernière fois, plus efféminé et moins nerveux. Sa petite chemise de gonze à manches courtes laissait imaginer sa maigreur. Il a laissé tomber le sac sur son poignet en me disant qu'il venait de le trouver à l'angle du parc et qu'il allait le déposer dans un commissariat. Je savais que je ne croirais plus un mot de ses salauderies. Et comme il n'avait pas une tête de bon Samaritain, s'il allait le rendre aux flics, il serait sûrement interrogé, mais cela importait peu, car il n'avait rien à se reprocher. Se faire tolchoquer par les keufs le samedi soir dans le quartier de Clignancourt, c'était son quotidien. Se faire tabasser en général, c'était son quotidien. Après avoir longtemps cherché mon regard fuyant, il n'a plus rien dit un long moment, puis il a lancé, avec une certaine solennité dans le ton :

– Tu as rencontré le *mungawi*, celui de la petite église, du côté du marché de l'Olive ?

Je n'ai rien répondu.

– Quand je suis arrivé à Paris, je créchais sur le périphérique à La Chapelle. Tu vois, vers l'Olive. Et un jour que je marchais par là, j'ai senti le *mungawi*. Il dort là-bas, sous la place, à la fin de la rue Ordener.

Je ne sais pas où le Manouche trouve ses conneries. Mais j'avais trébuché place de Torcy sur une de ces diagonales sans fond, et je me suis demandé comment il pouvait savoir ce qui s'était passé là-bas. Le problème, c'est que ses phrases à lui semblaient m'accrocher plus que les autres, que je le veuille ou non, et je me fais toujours alpaguer par un endroit sans m'en rendre compte, et après, quand ça explose, je dois ramasser seul les morceaux éparpillés un peu partout. J'avais arrêté d'écouter mais je l'entendais qui continuait de parler tout seul :

– Je savais qu'il était par là, vers le marché de l'Olive, près de la place de Torcy, car j'avais fait un rêve deux nuits plus tôt, sur un banc, un rêve avec du vrai vent dedans. Il y avait une plaine recouverte de neige, et il y avait un tertre, un monticule, et j'avais l'impression que la Seine était déjà montée plusieurs fois jusque-là, et il y avait sous cette butte de terre le *mungawi*, comme le Grand Ancien de cette ville. Toutes les pensées, c'était comme le rêve de cette autre forme de vie.

Je suis resté silencieux. Il avait touché quelque chose. J'ai fini par demander :

– Pourquoi tu appelles ça le *mungawi* ?

– C'est ainsi que l'appelle Houphouët. C'est lui qui m'a raconté cette histoire, mais je ne peux rien te dire d'autre que ce rêve.

Flock arrivait, au loin. Il a descendu les marches et s'est assis sur le banc, nerveux. Il n'a pas semblé pas dérangé par la présence du Caló et s'est allumé une cigarette.

– Qu'est-ce que tu as marné tout ce temps ? m'a-t-il dit. Ça fait des semaines que j'essaie de t'appeler.

Je n'ai rien répondu. Flock continuait de ne pas faire attention au Caló comme si ce dernier n'avait jamais été un problème. Il lui a tendu son paquet avant d'en tirer une cigarette. J'avais manqué quelques épisodes et avais besoin d'explications. Je lui en ai pris une aussi en attendant que quelqu'un parle. Mais rien. Puis voilà ce que Flock m'a raconté.

Deux semaines plus tôt, le Caló lui avait envoyé un texto pour lui donner rendez-vous devant la grille de l'hôpital Bichat. Il avait quelque chose à lui annoncer. Flock avait d'abord pensé que c'était une souricière. Mais le Manouche lui avait dit qu'il lui ramènerait plus que son argent. Il y avait cinq mille euros,

Flock avait pensé que ce n'était pas rien et qu'il était prêt à voir. Il avait pris un couteau, un vieux Berreta 92, italien, il avait mis des haillons, les habits de l'abattoir de Gennevilliers, qui sentaient encore le bizarre, et s'était dirigé vers le vieil hôpital aux environs de dix-sept heures pour faire la peau au Bohémien. Flock racontait ça comme s'il avait été un brave, et je pense plutôt qu'il avait attendu une demi-heure à se refaire le contour des ongles avec les dents, devant l'ancienne porte de Bichat, un arc de brique rougeâtre tenu par un vieux portail de fer. C'est de là qu'il avait essayé de me téléphoner, pour passer le temps, et parce qu'il fumait déjà par les oreilles. Je connaissais bien l'endroit, non loin de Clignancourt. Là-bas, le boulevard semble s'être malencontreusement trouvé au milieu des travaux de la construction du tramway, et le PC3, le bus le plus bondé de Paris, dont le nouveau tramway sonnerait bientôt l'heure, fait fastidieusement ses slaloms entre les chantiers et les parcelles d'asphalte bêché par les marteaux-piqueurs et les pelles mécaniques. Là-bas, ce ne sont pas seulement les boulevards des Maréchaux qui sont en travaux, mais tout le ciel, et de gros ballons de ciment semblent descendre des nuages et creuser profondément dans les immenses cavernes ouvertes de la rocade, inondant de mortier les anciennes fondations de la ville. Flock m'a dit qu'il avait entendu, entre la foule des poussettes et les vendeurs de maïs grillé, arriver de loin dans cette fin d'hiver son gadjo au petit col roulé. Il avait les cheveux mouillés, tenus en arrière par une sorte de gomme qui donnait un éclat de métal, et avançait l'air ravi comme s'il venait de zouzer. Flock s'était tenu sur ses gardes, puis avait juste pris les gros billets que lui tendait le Manouche pour se faire pardonner. Il avait demandé pour sa chemise, et le Manouche lui avait dit que s'il écoutait ce qu'il avait à lui dire, il pourrait bientôt s'acheter un magasin de sapes.

Ce jour-là, ils m'avaient cherché, ils étaient montés fissa chez moi. Ils n'avaient vu personne et avaient décidé de m'attendre. Et puis, comme je ne revenais pas, ils s'étaient un peu installés, quelques nuits, c'était juste pour être sûrs d'être là au cas où je repasse. Quelques jours plus tard, le Manouche avait débarqué dans l'église avec un sac de plusieurs kilos d'olives, celles qui se fument et sont sans noyau. Et ces deux Schtroumpf-bites avaient décidé d'aller foutre les provisions dans mon appartement, celui où il y a encore quelques mois je vivais avec Amalia, heureux comme un pacha dans son pachalik. Flock a dit que ça faisait une semaine qu'ils m'attendaient. « Vous avez mis quinze kilos chez moi », j'ai dit au début comme de la blague, « trente kilos », il a clarifié, et je leur ai demandé quel genre d'abrutis ils étaient tous les deux, je leur ai dit que c'était l'appartement d'Amalia, loué au nom de sa tante, et qu'elle pouvait revenir à n'importe quel moment, et comme ils ne me regardaient pas clairement, je leur ai demandé qu'ils virent tout ça au plus vite, que cette belle époque de merde était terminée, que j'étais dans de bonnes dispositions, et que tout ce qui était chez moi devait partir dans la soirée. Ils tiraient sur leurs clopes en regardant passer les guimauves brumasses de la fumée, et Flock m'a dit avec sa langue râpeuse et sa fausse voix de velours, que j'étais la nourrice et que je serais payé en conséquence, qu'il y aurait du pourliche pour tout le monde, que je n'avais rien à faire dans cette histoire, que je pouvais vaquer à mes occupations tranquillement, et qu'ils avaient des clients importants pour écouler rapidement, que je ne verrais presque rien passer. Puis, voyant qu'ils ne cillaient pas et que Flock continuait de dodeliner de la tête, je lui ai demandé de me rendre les clefs, il m'a répondu que je n'allais quand même pas fumer ça tout seul, et comme je le regardais avec un zeste de Rivotril au fond de l'œil, il a ajouté en regardant le Caló : « Paye ton couillard. » Et je n'ai rien répondu, j'étais comme bloqué dans cette rage de carton-pâte, à cause de tous ces calmants que j'avais pris ces dernières semaines. J'étais fatigué et j'avais faim. Flock a ajouté qu'on avait tous d'autres choses à faire, et qu'il n'y en avait plus que pour deux semaines, après, m'a-t-il dit, ils m'aideraient à faire revenir Amalia, l'appartement serait propre et repeint, et elle aimerait ça. Je me méfiais de ces gars, il suffirait qu'un seul adolescent de Jacques-Decour dénonce tout le réseau pour qu'on aille cabaner à Fresnes, et c'est là que Flock s'est mis à rire, que j'étais bien, au fond, le zeubi qu'il connaissait depuis toujours, et qu'au pire, je ne prendrais pas plus de cinq ans comme nourrice. Cinq ans ? Ils m'ont dit qu'on rentrait chez moi parce que Houphouët devait passer vers vingt et une heures, et que lui, il était ponctuel, et Flock a ajouté qu'il fallait que je goûte ce qu'ils avaient car ça me calmerait les nerfs.

Quand nous sommes arrivés à l'appartement, Houphouët était déjà là, en train de trier deux cartons de livres à lui. Il avait installé son bordel dans un coin du salon. Les autres avaient mis des caisses d'olives partout dans les placards de la chambre. Je dois dire que ça sentait le propre. Deux vieux meubles d'antiquaire avaient été montés pour ranger des paquets de marie-jeanne et des tapis persans avaient été étendus sur le sol, l'un accroché sur le mur, de petites chaises de cuir avaient été mises en cercle autour d'une chicha, ce qui donnait à la pièce l'air d'une mosquée. Il y avait un petit autel avec des photographies. Mes toiles avaient été consciencieusement rangées derrière un paravent de bois. L'appartement n'avait sûrement pas été aussi propre depuis quatre ans. Devant la porte d'entrée, j'ai trouvé ce bâton mélanésien empli de spores sèches qu'on appelle bâton de parole. Je l'ai fait tomber et lorsque je l'ai ramassé, mes pensées se sont percutées comme des graines de pluie. J'avais l'impression de ne plus connaître le lieu. Comme j'avais faim et que je n'avais envie de discuter avec personne, j'ai pris un autre Rivotril, tiré un peu sur un joint que j'avais trouvé allumé, j'ai mis tous les fonds de paquet de nouilles dans une marmite et, pris par l'étrange lueur du soir, j'ai commencé à manger seul des pâtes au sel en regardant le ciel par la petite fenêtre. Le joint me mettait dans un état de dissociation. Les préoccupations du jour, les affaires qui me chiffonnaient il y a encore un instant, s'éteignaient naturellement. Les images prenaient de l'épaisseur, semblaient grossir comme des bulles de savon, s'insinuaient partout, comme celles qui viennent avant qu'on ne s'endorme quand, dans des états semi-hypnotiques, ces tableaux commencent à faire ce qu'ils veulent et à vivre leur propre vie.

Après cette courte pause, je me suis assis sur le bord du canapé, continuant de suivre tout seul ces pelotes de rêves vers cette vie au fond du sommeil, quand Houphouët s'est posé de tout son poids à côté de moi, ce qui m'a fait sauter. Il m'a tendu une bière. Je me suis dirigé vers la cuisine, j'ai ouvert le robinet et je me suis mis de l'eau sur le visage, et je l'ai entendu me lancer :

– Alors, petit, qu'est-ce que tu penses de tout ça ? Tu peux dire merci au vieil Houphouët. Je t'avais dit que ce petit bohémien était un génie, il chie des olives.

Il a sorti une roulée qui ressemblait à une gitane, l'a tenue droite un instant devant lui, puis a pointé du doigt le Manouche dans la chambre, avec Flock en train de compter des ballots d'olives :

– Après celle-là, ma gitane préférée, c'est la fille avec les barrettes là-bas.

Je n'ai pas répondu, mais dès que sa clope a été allumée, je lui ai dit :

– C'est quoi le *mungawi* ? Le Caló m'a dit que tu savais.

Il a été surpris de la question et s'est arrêté. Il a regardé un instant brûler la clope entre ses doigts.

– Ce n'est rien, c'est un truc entre lui et moi.

Je lui ai dit que le Manouche m'en avait parlé parce que

j'avais perdu la lumière à l'Olive et que ça m'avait envoyé trois semaines en HP. Ça l'a un peu décontenancé. Il a tiré sur sa cigarette et dit :

– Personne ne prend ça au sérieux. Moi, j'ai grandi au Sénégal, là-bas, on n'aime pas parler comme ça des esprits. Il faut pouvoir les mettre de ton côté, négocier, expliquer ce que tu veux.

Sur les quais, Houphouët ne vendait que des livres sur les légendes de Paris, parce que ça marchait bien avec les touristes. Il m'avait déjà raconté, devant l'église, certaines histoires des lieux, comme s'il les avait vécues autrefois, laissant penser qu'il errait dans la capitale depuis toujours. Il connaissait mieux que quiconque le détail des venelles de Saint-Lazare à la gare de l'Est, et lui qui n'avait pas grandi ici, que tout le monde pensait étranger, semblait avoir été choisi par la ville pour garder sa mémoire, parasitée par toutes les âmes qui vagabondent à la lisière des parcs. Il aurait davantage sa place au Conseil de Paris que tous ces élus pressés qui marchent sans sentir le bordel spirituel qui bruit derrière les portes fermées par les humains. Il ne serait pas difficile d'imaginer Houphouët, dans son sommeil, prendre sans ticket un de ces trains de lumières qui se forment dans une bave de phares et hantent la ville la nuit, pour traverser des rues introuvables, s'arrêter devant un angle invisible, comme celui de la fontaine de l'Arbre-Sec, où se tenaient autrefois une source et un arbre vénéré ; là, il devait discuter avec les esprits tutélaires, écouter des protestations imperceptibles, négocier des droits de passage. Il faut pouvoir croire que certains givrés du square Cavaillé-Coll, qui traînent leurs guêtres sur le bitume, sans profession bien claire, sont des pacificateurs de l'espèce d'Houphouët, des trafiquants d'âmes, observant sans le savoir, ventriloqués par la lune – tous ces mouvements indiscernables, les travaux licencieux à côté des vieilles pierres, le gauchissement des canalisations et des veines de la ville ; tous des étourdis qui, à cause de leur cœur trop ouvert, entendent les plaintes tristes des esprits floués.

Houphouët est allé fouiller dans un de ses cartons et en a sorti un livre qui reprenait la vieille histoire de la plaine du Lendit, au nord de la ville.

– Tu peux le regarder si ces intrigues t'intéressent, c'est un livre sérieux de Lombard-Jourdan, une historienne de l'École pratique des hautes études, à côté de la Sorbonne. Le livre s'intitule *Montjoie et Saint-Denis : le centre de la Gaule aux origines de Paris et Saint-Denis*.

Houphouët s'est levé. Il a encore inspecté son carton et a sorti la photographie d'un vieux tableau. Je l'entendais de plus en plus loin, comme sous de hauts plafonds. Il l'a posée sur la table et a dit :

– Là-bas, à Saint-Denys-de-la-Chapelle, à la fin de la rue Ordener, près du marché de l'Olive, là où tu as eu peur, il y a une Vieille Chose, une créature. Lombard-Jourdan rappelle que les Francs avaient nommé ce lieu le « Mund-gawi ». On traduit par « protège pays ». Les historiens pensent que Mund-gawi désigne d'abord un ancien tas de pierre où se réunissaient les druides des deux Gaules, lors du solstice d'été, au-dessus d'un auguste monticule, pour commémorer d'anciens rituels chtoniens aux confins du pays des Carnutes. César le relate. Le mot peut se traduire du celte par « tas ou chemin de pierre », mais la fonction de ces pierres était de rappeler l'endroit où se trouvait « *Celui* qui protège le pays », c'était une entité, une Chose Très Ancienne, d'avant le néolithique.

Houphouët s'est arrêté pour cendrer sa cigarette.

– Il ne faut pas que tu te méprennes. Ne crois pas que ces histoires de Gaulois m'intéressent. J'ai toujours eu un dégoût inné pour cette mythologie. Les Celtes et les Vikings, toutes ces conneries de créatures blondes. Ces cultures ne m'excitent pas plus que de la bière chaude. Nos ancêtres les Gaulois et toute la clique de conneries qu'on entend par ici. Et puis, cette histoire de centre, d'ombilic, tous les peuples ont cette idée à la con, à un moment ou à un autre, ils pensent qu'ils sont le centre du monde. Il n'y a pas de centre du monde, ou alors il est peut-être en Afrique. Les Blancs ont déjà pris toute la planète, et il leur faudrait encore en avoir le centre pour nous mettre tous dehors.

Il sauçait du yassa avec l'index, sur le bord de l'assiette.

– Les Romains ne détruisirent pas ce lieu près du marché de l'Olive, mais le nommèrent Tricina : une sorte d'être trinitaire ou de triple dieu était vénéré là-bas. Avant la christianisation de l'Empire, deux grands empereurs se firent introniser sur le tertre, au Pas de La Chapelle, juste là, à l'Olive. Pour le solstice d'été en 310, Constantin a reçu trois couronnes de laurier. Il s'est vu remettre son *labarum* par des prêtres druidiques, son enseigne de pouvoir, hérité d'anciens cultes, qui, selon les dires, lui a permis de vaincre les armées de Maxence sur le pont Milvius. C'est aussi là, sur ce tertre, que l'empereur Julien est venu chercher la force de défendre son peuple.

Enfin, il m'a tendu l'image qu'il tenait. Un vieux tableau du XVIe siècle qui se trouve aujourd'hui au musée Carnavalet.

– Comme par hasard, c'est encore à cet endroit qu'est tombé Denis, envoyé par Rome pour christianiser les Barbares du Nord, au milieu du IIIe siècle. Décapité à Montmartre, le premier apôtre de Paris a marché avec la tête dans les mains jusqu'à ce lieu. Quelques années à peine après la décollation de Denis, Geneviève, alors jeune bergère, qui deviendra la patronne de Paris, a fait bâtir la première église à l'emplacement de la mort de Denis, sur le lieu de l'actuelle église Saint-Denys-de-la-Chapelle. Là, encore, où tu as perdu les lumières à l'étage. Ce tableau de bois, peint à la fin du Moyen Âge, intitulé *Geneviève gardant ses moutons*, montre la sainte patronne de Paris veillant sur son troupeau, entourée de lourds mégalithes, au centre d'un ancien cromlech druidique protégeant un territoire sacré. On n'a fait que changer les mythes. Ce sont des temps incubatoires. L'histoire est longue, elle est encore faite des visions de Dagobert à cet endroit, et de Jeanne d'Arc s'y arrêtant une nuit de septembre pour prier et essayer de reprendre Paris aux Anglais. Puis le sens du lieu s'est perdu durant les siècles qui ont suivi.

Il ne m'a pas appris grand-chose sur la bestiasse que le Manouche et moi avions vue là-bas.

– Je ne sais rien sur cette créature. C'est juste que Paris s'est construit autour de ce tertre druidique qui se trouvait entre ce qui est aujourd'hui la station La Chapelle et le sud de Saint-Denis, là où était autrefois la plaine du Lendit, vers le col de La Chapelle, où remontait l'ancienne route de l'Estrée. Là sommeille le *mungawi*, le Cthulhu, le vieux démon, un grand ancien, peu importe, celui qui « protège le pays ». César nommait ce lieu le « plus beau temple du monde », l'omphalos des deux Gaules, qui s'est maintenant noyé dans une lagune d'HLM.

Que ce soit avec Houphouët ou avec le Caló, j'ai toujours la sensation agréable que les asiles ne servent à rien, et que les uns comme les autres on tourne en rond dans la ville. Ce que je me suis dit ce soir-là, en regardant le Manouche bouger, c'est qu'il ne fallait pas que je me refasse enfariner par leurs conneries, car ses mots à lui avaient une force étrange, ils devenaient plus concrets que le goudron du bitume si on y croyait, ils venaient se ranger dans la réalité, ce n'étaient pas seulement des mots. Peut-être le Caló était-il le fils du *mungawi* qui était sorti de sous terre, sous un if, peut-être avait-il pris cette forme humaine et était-il encore en train de me fumer. Je ne suis jamais parvenu à savoir si ce gars était bien réel. Et maintenant, sur le vieux tertre, il y a les rangées de tentes des réfugiés de La Chapelle qui attendent dans des limbes, puis descendent plus bas, en entonnoir, comme un gigantesque maelstrom, une interminable file d'attente plus longue que l'Achéron, invisible comme l'ancien tracé de l'Estrée, plus longue que cette route noire qui va des Alpes à la Méditerranée.

– C'est comme un parasite. Tu peux toujours en faire quelque chose. Il s'en fout. Ce qu'il veut, c'est survivre.

Le Manouche venait de s'asseoir à la table.

– Il y a bien des parasites qui protègent la plante qu'ils parasitent, lui dis-je.

– La plupart du temps, ça te tue et ça va chercher un autre hôte. Occupe-toi de ce problème. Peut-être, il sera bon pour t'encanailler un peu. Regarde-moi, il m'a emputassé. Il m'est rentré par-derrière, comme un ver. Et bientôt, il va me finir à la pisse. Je ne tiendrai pas bien longtemps, j'en ai un mauvais. Je le traîne comme de la gangrène.

Le Caló semblait avoir peur de quelque chose et il s'est arrêté de parler. Je ne sais plus où j'ai dormi ce même soir, mais pas dans mon lit, car Flock, Houphouët et le Manouche l'occupaient depuis qu'ils s'étaient installés dans les lieux. Normalement, Flock dormait sur le canapé, mais il m'a fait cadeau de me le prêter. Ils se sont endormis tous les trois dans le lit où je passais autrefois mes nuits étoilées dans les yeux d'Amalia.

*

Trois semaines sont passées, entre kébabs et pâtes au beurre. Je fumais moins et je dormais bien. Flock travaillait dur de midi à minuit et je ne sais pas ce que le Manouche faisait la majeure partie de son temps. Il disparaissait le matin et revenait le soir comme un chien errant, parfois tout pimpant et bien habillé, des livres dans une besace. Un jour que je passais près du canal de l'Ourcq, j'ai cru voir sa silhouette au loin, seul sur un pédalo. Je me suis dit que c'était peut-être ça qu'il faisait toute la journée, quand il ne pleuvait pas, se promener sur le canal à pédalo à lire avec un chien sale à l'arrière. Le mois de mai fondait sous les pluies chaudes et le manque d'Amalia ne disparaissait pas. Seul le Caló, à cause de son étrangeté, me faisait me sentir moins bizarre.

Je ne sais pas ce que le Manouche voyait de la ville mais depuis quelques semaines, les scènes curieuses se multipliaient. Par exemple, un mardi, en rentrant d'une promenade pour voir la Seine en crue, j'ai senti quelque chose d'immuable se poser sur la ville comme une fange, comme si toute l'Afrique s'écrasait dans une pluie chaude sur le bitume. J'ai vu alors une moiteur noire coller à la face du Louvre et cette chose avait des yeux, elle semblait ramper sur le mur et disparaître comme un reptile dans la Seine. Quelques jours plus tard, alors que je rentrais d'un cinéma du Quartier latin, vers dix heures du soir, un groupe d'hommes courbés a semblé s'avancer vers moi, certains à quatre pattes, certains montés sur les chimères qui gardent la fontaine Saint-Michel, et m'ont arrêté. Ils voulaient que je les regarde mais n'avaient pas d'yeux. Ces primates ont disparu dans des rayons de lune. Ce sont des choses impalpables, qui ne durent qu'une seconde, mais cette seconde, elle, semble continuer longtemps. La semaine dernière, sur le quai aérien de la gare d'Austerlitz, la station est devenue tout d'un coup très silencieuse. Personne n'a semblé s'en soucier. Le vent est entré dans la gare de fer qui a chancelé légèrement. Les cloches de la Salpêtrière ont sonné midi. J'ai senti le métro arriver de loin. Les rails ont commencé à frapper un rythme tordu sans qu'aucun train n'apparaisse de l'autre côté. Des formes inquiétantes se sont faufilées entre les arcades de fer rouillé. Ces créatures épaisses semblaient avoir d'étranges bouches à fanons. Elles remuaient, grouillaient et couraient entre les rails. Personne ne semblait rien voir. Seuls les pigeons se sont tous envolés en même temps, et le métro est entré de tout son poids dans la station tremblante. Ces hallucinations surgissaient à des moments particuliers. Avant qu'elles n'arrivent, mon esprit était toujours dans un état de repos singulier. Mes pensées étaient lentes et créaient de plus en plus d'espace entre elles. Ça faisait monter le goulasch comme de la levure.

Un soir, alors que Flock était allé voir une de ses gadjis orphelines du haut de Pigalle, le Caló et moi nous sommes retrouvés chez Ibrahim pour un kébab, aux *Délices du Bosphore*, un boui-boui qui, je ne sais pour quelle raison, était largement dévalué, que j'aurais recommandé vivement mais qui a fermé depuis par manque de clients et à cause des conneries de Flock, dont je parlerai plus tard. Il y a une époque où nous mangions deux ou trois fois par semaine là-bas, au sud de Pigalle, à quelques rues du square Montholon, un autre de ces parcs qui bordent la rue Lafayette et l'aident dans son ascension vers la gare du Nord, sous lequel, il y a quelques années, entre le parking souterrain et les anciens chemins d'égouts, lors des travaux, ils ont découvert le squelette entier d'un mammouth laineux. Ils sont aussi tombés sur des molaires géantes à l'Opéra, des restes d'aurochs et de bison à l'Hôtel de Ville.

La devanture des *Délices* était à la fois neuve et délabrée. C'est qu'un des fils d'Ibrahim avait mis un nouvel éclairage, rouge et doré, pour donner un coup de lustre à l'enseigne du restaurant, mais sans se soucier d'enlever l'ancien revêtement abîmé, ce qui donnait maintenant un air brinquebalant à toute la devanture. Et personne ici ne poussait plus la porte, n'entendait plus le tintinnabulement de la sonnette et le crissement des gonds, sans quelque crainte que le grand panneau clignotant ne lui tombe dessus. Les vitres étaient aussi propres qu'elles pouvaient l'être entre la rue Lafayette et le bac à huile, prises entre les embouteillages du soir et la friture du midi. Ibrahim était seul dans sa petite échoppe à écouter la radio, il s'est levé en nous voyant entrer et nous a tendu sa main épaisse en souriant. Il faisait chaud. Un morceau d'agneau tournait autour de sa broche, et rôtissait entre les surfaces du gril rougeâtre. « Je ne vous vois plus, les jeunes. » Sans que nous l'ayons demandé, il nous a servi une salade tomate-oignons en vidangeant la moitié de sa harissa sur le pain du Caló.

En mangeant, je regardais la ville changer à l'extérieur avec l'avancée de la nuit. Les toits, à l'horizon dans la descente de la rue, miroitaient un peu de cette écume de soir, dont le reflet bondissait en échos sur les éponges de tuiles plates, comme une note bleutée qui rappelait le premier souffle d'*Every time we say good-bye* de Chet Baker, et que l'on entendait partir mélancoliquement en expirant jusqu'au fleuve. Cette pâte bleue ricochait de toit en toit et disparaissait pour faire du mortier de ciel. Cet air poussiéreux que l'on avale sans le sentir, c'est celui qui apporte le spleen, qui se dépose d'abord au fond des rues puis se met dans nos poumons sableux.

J'ai demandé au Caló qui était ce gars avec qui il businessait le soir où l'on s'était fait avoiner dans une des impasses de Stalingrad.

– Le petit nerveux aux lèvres serrées, il s'appelle Neven, il traîne dans des trafics plus lourds, de la prostitution, du blanchiment, des manières de faire qui demandent de l'organisation. C'est des groupes qui ont leur local vers l'île de la Grande Jatte et qui supervisent beaucoup de trafics de l'Île-Saint-Denis.

Il a ajouté que les mecs qui nous avaient savonnés, c'étaient des nouveaux, en train de prendre la distribution sur le terre-plein de Pigalle jusqu'à Stalingrad, de mettre tout le monde sous pression, avec des armes et de l'intimidation, parce que ce Neven avait de gros volumes à liquider et qu'il lui fallait toujours plus d'espace. Mais ils n'étaient pas bien inquiétés par des gars comme Flock. Ses clients ne se déplaçaient plus et le contactaient via le Uber Shit de leur téléphone. De vieux traffic haschishin de Paris se cartélisait. Paris n'était plus la vieille droguerie qu'elle avait été autrefois. Le Manouche se foutait de la gueule de Flock, qui, selon lui, n'y connaissait rien. Quand il l'avait revu, il allait se fournir chez les gentilshommes du haut de la rue de Belleville, pour revendre sur quelques mètres carrés de quoi se faire son mois, parce que ces mecs lui laissaient tenir son lopin, mais Flock, il deale comme un médecin de campagne, il n'a jamais mis la tête dans ce four, le rectum de Paris, celui de l'Île-Saint-Denis. Neven, c'était un gars trempant dans d'autres eaux, pas celles des petits rebeus de Château Rouge, les amis de Flock, qui, à l'automne, nettoient les chiottes de la fête de l'Huma pour arrondir leur budget. Neven tenait les réseaux de prostitution les plus violents d'Europe et il avait toujours à son bras une des plus belles filles de sa chaîne de distribution. Le beau-père de ce Neven s'était fait de la caillasse sur la place de la Bourse d'Anvers, l'*Antwerpsche Diamantkring*, comme dans les films mais pour de vrai. Nous étions en train de manger, et le Manouche avait prononcé deux fois le mot comme s'il n'arrivait pas à l'avaler avec ses frites, mais moi aussi, j'ai essayé de le répéter ce nom de la Bourse et je n'y suis pas plus arrivé, ça faisait comme du cheesecake. Ce soir-là, le Caló a dit :

– Je ne resterai plus très longtemps ici. Je t'ai promis un cadeau avant de partir.

– Le seul cadeau que tu m'as fait, c'est de réveiller la merde en moi.

Il n'a pas répondu. Il a juste ajouté qu'il devait partir loin.

– Tu vas chercher des olives ?

En fait, je ne croyais pas qu'il allait partir. Je m'en foutais, je lui ai posé la seule question qui me travaillait depuis ma discussion avec Houphouët.

– Mais c'est quoi, ce *mungawi* ? Ne me dis pas que tu crois que ça existe.

– Ce n'est pas la bonne question. Ça a des effets, ça existe.

Tu penses que tu peux facilement savoir ce qu'est la matière, mais c'est une connerie.

– C'est quoi alors, la bonne question ?

– Est-ce que tu te fais dominer ou est-ce que tu domines ?

J'ai cru que c'était une manœuvre de dur, qu'il fallait apprendre à dominer la créature, montrer ce qu'on avait dans le ventre, un truc de salle de sport.

– Non, il faut rendre les armes. Tu es en face de l'Obscur. Quand tu auras tout perdu, le contrôle, les pensées, les images, les petites étiquettes que tu mets sur les choses, alors le *mungawi*, ou peu importe comment tu l'appelles, il pourra commencer à passer plus tranquillement, mais il faut que tu lâches tout ce que tu as dans les mains.

– Autant prendre un lit à vie à l'HP.

– Si c'est là qu'il faut aller, alors c'est là qu'il faut aller.

– Mais si personne ne contrôle rien, la ville va partir à vau-l'eau.

– Elle va à vau-l'eau depuis toujours. Ça ne change rien. C'est juste que toi, maintenant, tu le sais. Ce n'est pas un savoir, c'est une sensation.

– Et qu'est-ce que cette Chose ? Ce truc qui est toujours là partout.

– Personne ne sait. Tu vas te faire enculasser. Tu ne contrôleras rien, tu seras obligé d'accepter tout ce qui arrive. Et alors, le *mungawi* aura pris toute la place dont il a besoin pour opérer. Tu te feras zombéïser, et il n'y aura plus personne pour le savoir. Mais ça, c'est encore trop romantique.

Je tremblais un peu d'entendre ces conneries, mais il a rajouté :

– De quoi as-tu peur ? C'est déjà le cas. La Chose n'a rien à voir avec ce que tu crois être, elle est déjà là. C'est un peu comme le fait de mourir, si tu es conscient que tu es mort, tu n'es pas mort. Quand cette Chose sera installée, tu ne seras pas conscient qu'elle est installée. C'est pour ça que je te dis que c'est déjà le cas, elle est déjà là, depuis toujours – avant ce qu'il s'est passé à l'Olive. C'est que tu commences à peine à sentir ce qui bruit. Mais qui est-ce qui sent ? Pas la petite voix, pas le monologue intérieur. Et pourtant, il n'y a que cela qui puisse sentir, savoir ou expérimenter. C'est là que la Chose vient t'entortiller. Il devient impossible d'en parler. Ce qui en toi dit « je sais » ou « je sens » n'existe pas, la petite voix, le monologue, c'est ce qui se fait dévorer par la créature. Il n'y a plus personne pour le savoir – ni personne pour ne pas le savoir. C'est déjà le cas, mais tu ne le comprends pas. Ce n'est pas que tu es inconscient ou que tu manques de connaissance ou de savoir, c'est simplement que cette Chose ne peut ni se connaître ni s'ignorer. La connaissance ou l'ignorance, ce sont des opérations qui marchent pour les objets. Sans n'être rien pour autant, cette Chose n'est pas un objet, elle n'a pas de bord ou de territoire. C'est simplement que la voix de la conscience, de la raison, de la compréhension, n'attrape pas cette Chose.

Il m'avait perdu depuis un moment, mais il avait raison, quand il parlait j'avais l'impression de recevoir des coups remontant dans le fond du crâne, et depuis le temps, ça avait créé des fissures – pas celles qui font passer la lumière. Mais je sentais que cette pâte de pensées profondes, c'était quelque chose qui vibrait plus fort que tout le reste et bien plus que toutes les petites pensées de mon monologue intérieur. Elle surgissait de ces liserés invisibles et ces hypoténuses sans fond dont parlait mon père et qui tiennent la matière.

– Et derrière cette bestiasse, il y a quoi ?

– La pulsation. On ne peut pas nommer cette Chose. C'est la créature qui t'y amène si tu la laisses faire. Mais il n'y a pas deux états, il n'y a pas de passage entre les deux. Tu y es déjà ; et quand tu y arrives, tu comprends simplement que tu y étais déjà. Le reste, ce sont des histoires pour essayer de comprendre – ce qui ne fonctionnera jamais car cette Chose n'est ni compréhensible ni incompréhensible. Tout ce que je te dis n'a pas de sens, parce que le sens t'en éloigne.

– Tu y es allé, là ?

– Où ?

– Dans l'endroit bizarre où est la Chose.

– Il n'y a pas d'autre endroit. C'est ici. J'y vis à crédit.

Je n'ai rien dit. Je ne comprenais rien. Le Caló semblait avoir peur de quelque chose. Il m'a dit que ces temps-ci, il n'entendait plus son *duende*, il voyait une vierge rouge qui se tenait non loin, et que maintenant, pendant qu'il me parlait, elle était là, contre le mur, en robe longue, elle fumait du cannabis et elle était baisable, me dit-il, même pour un pédé, et il a tourné son visage dans la direction du square Montholon en face, dans un fond obscur, et je ne discernais rien, seulement un horodateur, et il m'a dit qu'elle nous regardait, on l'appelait la Roja. Il écoutait quelque chose. Il a dit en fixant le vide devant lui, et en lançant timidement dans sa direction : « *Niña. Venga por acá, flaquita.* »

C'est ce que je me suis dit, que le Manouche s'était déjà bien fait encrêper.

– Je suis devenu mauvais. Tout ça, c'est pour jouer avec le cœur. Le *mungawi* se met à jouer avec toi pour que tu apprennes que les vraies règles du jeu, ce ne sont pas celles des humains.

– Et si je ne veux pas y aller ?

– Alors, tu commenceras à coller au fond de la casserole. Mais c'est déjà trop tard pour toi. Tu as déjà la tête dans la gueule de la bestiole. Tu mourras comme tous les autres, sauf que toi, tu seras moins surpris quand ça arrivera.

Quand nous sommes sortis de chez Ibrahim, le vent frais a transporté de ces cendres d'obscurité, mélange de poussière de grisaille et de crépuscule. Je me suis encore mis à penser à Amalia et je me suis rendu compte que depuis longtemps, je ne pensais plus qu'à elle, mais ça ne changeait rien.

– J'ai déjà perdu Amalia. Je ne veux rien perdre d'autre.

– Amalia, elle ne lâche rien.

– Comment le sais-tu ?

Il n'a rien dit. Puis, au bout d'un moment, il a lancé :

– Tu sauras que tu as vraiment perdu quand tu ne pourras plus distinguer si c'est ta joue que tu sens ou si c'est le vent que tu sens, et le réel te sera rendu. Il n'y a pas beaucoup plus à en dire, quand ça arrivera tu ne seras plus là, il n'y aura que ce battement, mais personne pour le savoir. Si tu ne fais rien, si tu ne discutes pas avec cette chose, elle ne saura même pas que tu es encore vivant.

– Et si je discute avec elle ?

– Alors, elle va te faire chanter.

Puis il est resté silencieux. Il enfumait la ville en regardant la pluie qui recommençait à tomber. Toujours la même. Dans tout l'univers. La ville enceinte d'une vieille créature. On est rentrés sous les hallebardes, j'avais le visage mouillé comme si j'avais pleurniché sans m'en rendre compte. Et cette pluie grésillait par endroits, ça se sentait comme s'il y avait de l'électricité dans les gouttes, qu'on voyait luire sous les lampadaires et qui faisaient de la marbrure aux façades. Ça nous rendait tous nerveux, cette pluie magnétique dans l'air, et la Seine qui gonflait, qui risquait de sortir de son lit, rater le virage de l'île Brune et patiner à l'entrée d'Orly. Et par ce ciel qui bougeait comme une plaque d'air, dans une sorte de tectonique des vents, la pluie jaunie par les fissures, le monde perdait les eaux et la créature coincée derrière essayait de sortir.

– 13 –

Juin 2016

Tout est allé vite par la suite. Voici comment le Manouche a passé la dernière nuit où je l'ai vu. Il fallait remonter un écoulement de stock de marie-jeanne berbère. Une vingtaine de kilos venant du Rif, de Chefchaouen à Tanger, étaient arrivés à La Rochelle dans des conteneurs de noix d'argan. Les gars de la Garenne-Rancy chargeaient des fourgonnettes de la poste et ramenaient les olives de paki dans des valises marocaines, vers Paris. Le lendemain, le Caló s'était rendu à La Rochelle et il avait « emprunté » aux gars de la Garenne-Rancy, avant les premières heures de l'aube, une de ces fourgonnettes sur les docks, une qui ne lui appartenait pas, chargée de vingt kilos de cannabis répartis entre les portières et la double épaisseur des sièges. Puis il avait fait son Fangio, un *go fast* au milieu de la nuit vers la capitale, avait posé dix kilos chez un petit fournisseur de Courbevoie, pour disperser, et avait débarqué devant l'église, vers six heures du matin, se parquant un peu n'importe où sur le trottoir, freiné par du mobilier urbain. Flock avait déchargé la marchandise dans une grande valise et avait remonté Sopi – ainsi les hipsters parlent-ils de leur quartier de South Pigalle, leur *hood* de nantis, des venelles de rues qui descendent la butte Montmartre. Il avait poussé tranquillement sa valise pleine de shit, sans pudeur, parmi les touristes de l'Eurostar du matin. Le Caló était reparti comme un mirliflore, à l'aube, garer la camionnette devant la poste du XIIIe arrondissement, où elle devait revenir, au dépôt, rue Tolbiac. Toute la marie-jeanne ce jour-là a été stockée dans l'appartement.

J'appris plus tard que, pour les gars de la Garenne-Rancy, le Manouche avait pour mission de remonter vers Paris des camionnettes de la poste, la nuit. Jusqu'ici, dans des opérations comparables, il s'était servi en petites quantités, ça passait inaperçu, jusqu'à ce qu'il se prenne plus au sérieux et qu'il décide de monter cette affaire, comme s'il n'avait plus rien à perdre : voler une camionnette, revendre rapidement dans les réseaux d'Aubervilliers, en donner une partie à Flock, puis peut-être se casser avec l'argent ramassé, quitter la ville, lâcher ce continent de merde, retourner chez lui avec la caillasse, se diluer dans l'atmosphère, s'enfuir avec le ciel.

Ce matin-là, les nuages noirs de petite taille mais nombreux s'étaient approchés, et semblaient s'être mis à tourner autour de l'immeuble comme des loups autour d'un enclos. Le ciel ne parvenait pas à se déverser. Le salon était sombre et l'orage continuait d'attendre au-dessus du toit, ce ciel sinistre était replié sous les pieds de la table, blotti dans les recoins de l'appartement, et dehors, posé contre un muret qui charbonnait l'entrée de l'immeuble. On ne pouvait chasser cette obscurité. J'ai essayé de la dégager un peu du pied, dans un angle de la chambre. J'ai ouvert les rideaux en grand. Rien n'y faisait, c'était encore là partout. Côté cour, on voyait les anciennes usines de la petite industrie urbaine, des immeubles construits pour accueillir les ateliers de travail du caoutchouc, là-bas, au loin, où autrefois les cheminées de l'usine Kalker avaient dominé la ville en augmentant son ciel, laissant de cette odeur noire partout sur les murs, autour des arabesques de brique rose, comme du gras brûlé, qui donnaient l'impression d'avoir été sculptés dans cette vapeur de banlieue, ni vraiment grise ni vraiment blanche. Je n'ai rien fait de la journée, j'ai traîné avec un livre à essayer de chasser les ombres. Puis, lentement, dans l'après-midi, une de ces pluies démontables, mal alignées, a commencé à descendre.

Le lendemain, je suis sorti après le repas pour voir comment toute cette pluie avait rouillé les articulations de la ville. La Samaritaine se tenait là comme un débarcadère de fer, chancelant de haut en bas, on avait l'impression d'avoir les pieds dans la vase, la même fange partout, pas de l'eau parce que le lit du fleuve n'était plus liquide, épais comme de la tôle broyée, on voyait passer des morceaux de carrosserie, des panneaux, des plaques bleues avec le nom des avenues, d'énormes troncs noirs, des lambris de landau. Le fleuve semblait avoir commencé le grand ménage de printemps. C'était toujours la Nuit Debout, et les derniers jours de boue, de ciel marron et de crépuscule rosâtre, les derniers jours de crue. C'est ce soir-là – ou peut-être le lendemain – que la Seine a atteint son plus haut niveau, à plus de six mètres, submergeant tous les murs anticrue, obligeant les pénichards à fuir, on sentait l'électricité qu'il y avait dans l'air, ce printemps à Paris, cette espèce d'atmosphère safran et épaisse qui ne quittait plus les murs ni les trottoirs à cause de cette pluie jaune, une sorte d'huile de chaux, un peu de la fange évaporée du fond du fleuve, on n'avait jamais vraiment ressenti ces odeurs de vent et de terre dans cette ville, ni senti bouger au-dessus de nous ces tectoniques de chaud et de froid. C'était comme si ce printemps 2016, avec ses pluies immuables, donnait le signe que le monde était en train de se défaire de son axe. J'ai senti aussi que quelque chose de mon caractère n'était plus à moi : nos caractères ne sont peut-être pas ce que nous sommes au présent, plutôt nos moi futurs en train d'appeler et d'essayer de se former dès maintenant, de se réajuster dans un nuage du temps gros de mille lignes de vie, comme s'ils cherchaient une consistance dans le présent. Et nous nous sentons bouger dans ces images, comme un enfant à venir qui coagule entre des lignes de temps, qui y grandit, selon les pensées qu'il parvient à avoir, et c'est ça le démon qui nous appelle, notre caractère sous une autre texture, peut-être, qui se réaligne en permanence, reprenant son passé pour se raccorder avec lui-même, dans son œuf. J'en sais rien, c'est bien des pensées tordues, mais ce sont les seules qui me viennent, peut-être à cause de cette maladie et de tous ces joints. Peut-être que si on écoute bien cette veine de vie qui bouge, on se rapproche de son point de singularité, l'endroit qui nous fait vraiment uniques, comme dans un trou noir, le lieu où toutes les possibilités se fondent. Et cette décision d'être ce que nous sommes ne se forme pas avec des concepts mais avec ce genre d'images dans lesquelles on se fabrique, on réajuste nos possibles, le goulasch. Mais ce qui n'arrêtait pas de changer en moi, ce qui traînait partout dans l'air autour, c'était une ritournelle, les phrases sans os d'Amalia.

Ce soir-là, j'ai rejoint Flock pour manger un kébab chez Ibrahim, il devait être vingt et une heure trente et nous avons descendu la rue Lesage. J'ai eu la sensation que ma propre ombre nous suivait de loin, et je me suis dit que le médicament ne calmerait pas la détraque du *mungawi* cette nuit et qu'il fallait prendre mon mal en patience. Flock pestait contre le Caló, disait que pas mal de kilos ces derniers mois avaient disparu, et il savait que le Caló avait laissé une partie de son butin dans la boutique des puces à Saint-Ouen ou quelque part dans une tour de l'Île-Saint-Denis. Je l'écoutais sans rien dire. Il y a des soirs comme ceux-ci où je sens que la ville ne veut plus de nous, Arabes, va-nu-pieds et autres passants, comme si quelque chose nous poussait à l'intérieur des pierres. Nous sommes entrés aux *Délices du Bosphore.* C'était un lundi soir, il devait être dix heures et il n'y avait personne à l'intérieur.

Ibrahim était toujours seul. Il nous faisait la conversation parce qu'il ne voyait plus passer grand monde depuis plusieurs mois : « Il n'y a plus personne ici. Les nouveaux du quartier, ils ne mangent pas de viande. Ils ouvrent des magasins bio à tous les coins. Ils font attention à leur ligne. Ils font trop attention à eux, les jeunes. C'est à cause des images qu'ils postent maintenant, ils sont obligés de se surveiller. Et puis ils se font livrer, ils ne sortent plus. On voit des cousins de partout, avec leur vélo, qui gagnent un euro par heure et qui sont contents. C'est pas de la concurrence pour nous, ça. » Puis Ibrahim a saisi deux pains chauds, il a pris deux plateaux et y a déversé les frites qui baignaient dans plusieurs couches d'huile. Il a ajouté du ketchup et de la mayonnaise, nous nous sommes assis sur une des trois tables inoccuppées et avons commencé à manger. Flock ne pouvait s'empêcher de continuer à médire sur le Caló, sûr qu'il va passer *sotto al tavolo,* sous la table, un jour ou l'autre ce serait son tour. Dehors, non loin de la vitre, un gars attendait, de dos, en fumant et regardant son téléphone, je ne voyais que ses oreilles papillonnantes, mais sa silhouette me disait quelque chose. Voyant qu'il était presque vingt-deux heures trente, que la rue était vide, Ibrahim a décidé qu'il n'aurait plus de clients et qu'il fermerait après nous, et il a descendu sa devanture de moitié. Alors que nous finissions, il a enlevé sa pièce de viande du tournebroche, et, laissant encore les plaques allumées, rouges, qui chauffaient toute la pièce, il a commencé à dégraisser les parois du gril.

C'est à ce moment qu'une voiture s'est garée devant la devanture rabattue, et tout de suite, je me suis rendu compte, à cause des phares qui nous fixaient, coincés dans le soir, que c'était la même Audi que celle dans laquelle était monté le

Manouche à Stalingrad. S'immisçant par le store entrouvert, six dogues sont entrés d'un coup dans le restaurant, dont celui qui se tenait dehors, il y a quelques minutes, que l'on voyait de loin avec ses oreilles de djinn, et lui aussi, je l'ai reconnu alors, l'homme à la tête de chou, et le gars de Stalingrad qui surveillait la blonde renversante, et ses molosses. Tout de suite, j'ai compris que c'étaient les gars de la Garenne-Rancy qui venaient s'enquérir de leur voiture garée à La Rochelle. Ils s'étaient rasés, soigneusement peignés et habillés proprement, des mufles étriqués dans des sapes trop courtes pour sauver les apparences, parce que maintenant, ils travaillaient dans le centre de Paris.

Tout s'est passé rapidement. Ils ont demandé à Ibrahim de descendre le reste de la devanture de fer, lequel a protesté en disant qu'il ne voulait pas de problèmes. Nous nous sommes levés et nous sommes laissé enfermer dans cette cage où nous allions rôtir. Un des gars a pris Ibrahim par le bras et est allé le parquer dans les toilettes, sans son phone, il a mis la lourde glacière pour bloquer la porte et s'est tenu devant en lui disant de la fermer. Nous étions debout, moi sur la défensive, Flock impassible. Il ne disait rien. Il fixait son plateau vide devant lui, pendant que Neven, ce gars que nous avions aperçu de loin, à côté du Manouche à Stalingrad, la dernière fois que nous nous étions fait poutrer, était calmement en train d'entrer, habillé comme un officier, avec ses lèvres serrées coupantes, comme celles d'un exalté, burinées comme si sa bouche avait été une autre de ses cicatrices. Et quand il s'est arrêté devant nous, avec ses yeux clairs et ses cheveux blanchissants, l'atmosphère a semblé perdre ce qu'elle avait d'humain. Il n'a d'abord rien dit, a surtout regardé Flock et s'est servi une bière dans l'armoire réfrigérée, s'est assis à côté de la table où nous étions, et après avoir bu sa première gorgée, essuyant du revers de la manche ses lèvres plates, se tournant vers Flock, il lui a demandé s'il savait pourquoi il était là. Flock a pris du temps pour répondre, comme s'il recomptait toutes les conneries qu'il avait faites depuis plusieurs années. Alors Neven lui a dit :

– Moi, je n'ai pas de problème avec les gars comme toi. Tu vends ce que tu as à vendre. Il y a de la place. C'est le biz. Ce qui m'emmerde, c'est quand tu crois que tu vas pouvoir nous sucer la pomme sans que rien ne se passe.

Aucun des gars ne me regardait. Ils étaient tous rivés sur Flock, qui devait sentir le poids de la pièce sur lui.

– C'est simple. On n'est pas venus pour que tu t'expliques.

J'ai remarqué que les deux dogues derrière lui avaient des poings américains et, en fixant leurs ceintures, on distinguait d'autres objets dont je n'ai pas envie de faire l'inventaire, une pince-étau peut-être, qui laissait présager un bon coup de sang. Tout le monde était maintenant suspendu à la réaction de Flock qui sentait la pression de la pièce sur ses orbites, qui savait que les mots qui allaient sortir de sa bouche allaient infléchir les prochaines minutes. Il a répondu :

– Tu sais que ce n'est pas moi qui ai pris ta marchandise. C'est un gitan. Le Caló. Moi, je n'y suis pour rien.

Neven n'a rien dit. Il a pris une gorgée de bière. Puis il a continué.

– Non, non, non. Pas de délation. Je me fous des détails, je veux qu'on fasse les choses simplement. Je me fous de savoir qui a fait quoi. Ton copain, on s'est occupés de lui, il t'embrasse. Il nous manque déjà. Mais toi, il nous manque ta part.

À ce stade, je savais que Flock, comme moi, voyait que la seule issue, c'était de s'en sortir avec le moins de coups possible, et je préférais qu'il se taise et qu'on en discute plus tard.

– Alors ? fit Neven.

Flock semblait paralysé. Il n'a rien répondu. Un ange est passé, c'en était un mauvais, un qui était tombé depuis longtemps.

– Bon, je crois qu'on n'arrive pas à s'entendre, a ajouté Neven en faisant un signe des yeux aux gars derrière moi.

Je n'ai eu que le temps d'entendre Ibrahim dans le petit corridor taper contre la porte. Un de ceux qui se tenaient à nos côtés a fait une clef à Flock et lui a placé la main au-dessus de l'épaule, pendant que deux autres me prenaient le bras, le tordaient dans mon dos et me mettaient un couteau pas loin des yeux. Flock a reçu des coups dans le ventre. Une main l'a saisi par les cheveux, a pris sa tête pour la frapper contre le mur, puis contre l'angle de la table. Rapidement, j'ai entendu un craquement sur son nez et j'ai vu du sang éclabousser le bac à friture. Il est tombé à terre, plié et roué de coups de pied. Ils l'ont relevé ensuite. J'avais du mal à respirer. Toute la petite pièce m'a semblé se transformer en une immense caverne où se mouvaient des ombres. J'ai vu deux molosses prendre Flock, l'amener de l'autre côté du comptoir, et commencer à tendre son bras pour lui mettre la main dans l'huile brûlante dans laquelle baignait son deuxième service de frites.

Il y a eu un bruit froid quand les deux larrons ont approché le visage de Flock du treillis de fer rouge vif. Neven lui a dit alors qu'il devrait apporter l'argent qui restait dans un sac, qu'il déposerait dans le hall de la gare désaffectée de la Garenne-Rancy, sous l'ancien panneau des départs, dans trois jours, qu'il laisserait là le sac à vingt heures puis partirait sans rien dire. Et si le compte était bon, le dommage serait oublié. Ils ont obligé Flock à répéter deux fois ce qu'il venait de dire. Dans trois jours, à vingt heures, à la gare défalquée de la Garenne-Rancy. Ça, dans le bordel, je m'en suis souvenu.

Flock avait de l'huile chaude sur la main. Il ne pouvait plus répondre. J'ai juste vu qu'ils avaient appuyé sa joue quelques secondes sur le grillage rouge du gril. Il a voulu crier mais ils lui serraient trop la gorge. J'ai reçu un coup sur la tête. Je suis tombé par terre alors qu'ils remontaient la devanture de fer pour sortir, je les ai entendus dire qu'ils lui grilleraient l'autre côté de sa face de camé si tout l'argent et toute la marchandise n'étaient pas là dans trois jours, qu'il n'avait pas besoin de fuir, ils iraient le chercher là où il serait, à Belleville et au Laos s'il le fallait. Puis j'ai reçu un coup sur le plexus solaire qui a éteint la lumière. Je me suis réveillé quelques minutes plus tard. Les gars étaient partis. La devanture de fer était à moitié relevée. La voiture n'était plus là. Ibrahim tapait à la porte des toilettes. Je lui ai ouvert en tirant la cale froide. Il m'a aidé à redresser Flock, qui avait la moitié du visage cramée. Ibrahim l'a aspergé d'eau et lui a vidé sa glacière dessus. Il m'a dit de prendre cinquante euros dans la caisse et de l'amener aux urgences de Lariboisière, au bout de la rue.

– Prends un taxi. Je ne veux pas de flics ici. J'ai déjà assez de problèmes. Vous allez me tuer mon business avec vos conneries. Prends l'argent. Je m'en fous. Tu ne dis pas ce qui est arrivé. Tu ne sais rien, tu inventes quelque chose. Je ne veux plus te voir.

Nous avons mis Flock dans un taxi rue Lafayette, qui nous a amenés à Lariboisière. Aux urgences, quand on m'a posé des questions, j'ai répondu qu'il s'était brûlé le visage en tombant sur le four alors qu'il cuisinait. L'histoire leur a semblé plausible, mais je ne pense pas qu'ils m'aient vraiment cru à cause des ecchymoses sur son cou et sa nuque. Flock était brûlé au troisième degré par endroits. Je suis resté le temps nécessaire avec les médecins jusqu'à ce qu'il parte au bloc opératoire.

Il devait être deux heures du matin, je suis rentré de Lariboisière à pied, comme la nuit où nous nous étions fait bastonner, le soir où Amalia avait décidé de partir. Je me suis posé contre un muret de la rue Ronsard, parce que je voulais voir l'if au bout de l'allée de l'Île-aux-Pins. Je n'arrivais plus à me débarrasser de moi-même, je n'ai pas escaladé pour entrer dans le parc, je me suis simplement adossé à un mur du marché Saint-Pierre, et le petit if se tenait là, à l'intérieur du trou de son tronc.

Je ne sais pas comment les autres font. Je venais de prendre des coups et j'ai l'impression que ça m'avait remis à la bonne place, sous ce ciel gris qui ne vaut rien et dont on ne s'échappe pas. Il n'y avait pas d'autre lumière. Ça me fout le bourdon quand je prends conscience de ma maladie. C'est comme si je n'arrivais pas à comprendre quelque chose que tout le monde aurait saisi depuis longtemps. Plus d'élucubrations, plus d'insectes préhistoriques ailés pour se divertir de l'ennui d'être soi. Amalia a toujours été là, dans cette réalité qui est de la vraie matière, juste de la matière contingente, misérable, de la réalité sans croque-mitaine ou autres conneries. Je crois qu'Amalia m'avait tendu la main, de là où elle était, mais je n'avais pas réussi à la prendre. Elle savait qu'on ne pouvait aller nulle part. Ceux qui pensent qu'on peut se réfugier dans des plis du réel pour se cacher sont fous. C'était un savoir tellement naturel et viscéral chez Amalia que j'aurais dû comprendre que j'étais malade, que la poésie, les infraréalistes et tous les autres, aussi souffreteux que moi, m'avaient tourné la tête. J'aurais dû écouter et respecter les gens sains, ceux qui ne faisaient pas autant de bruit, ne se donnaient pas d'importance, qui luttaient péniblement chaque jour, avec d'autres, sans chercher de contact avec les choses, ceux qui ne brassaient pas d'air, qui prenaient les coups de la vie, quelques cafés et cigarettes, un peu de légèreté et de rire, puis partaient sans pompe, sans se plaindre de rien, et je sentais que j'avais depuis longtemps laissé passer mes chances de me tenir là, en silence, avec eux.

*

Il devait être trois heures du matin quand je suis parvenu en haut de toutes les marches de Toudouze. La porte de l'appartement était entrouverte, le verrou cassé à coups de pied, et alors que je décalais légèrement sur ses gonds la planche qui avait autrefois servi de porte, j'ai vu que l'appartement avait été labouré, le peu de choses qu'il y avait ici avait été détruit, fouillé, jeté pêle-mêle, toute la drogue qui restait sous le lit, envolée, les produits sous l'évier, les tiroirs ouverts et vidés, avec l'argent qui se trouvait dans l'un d'eux, volatilisé, les papiers, tout avait été répandu sur le sol, les assiettes et les verres brisés, mes habits, tous mes dessins et mes mobiles hachés, laminés au couteau, les gouaches écrasées, les draps, le lit bancal retourné contre le mur, brinquebalant, les derniers paquets d'olives de Flock disparus, le miroir de la salle de bains brisé, et il y avait du sang dans la baignoire, pas des flaques de sang, mais des gouttelettes partout répandues sur le mur. Je me suis dit que Houphouët avait dû être là au moment où les gars de la Garenne-Rancy étaient montés pour chercher l'argent et les paquets. Tout cela avait dû arriver en fin d'après-midi, avant qu'ils ne nous trouvent chez Ibrahim. Il était maintenant trois heures du matin, j'ai essayé d'appeler Houphouët au téléphone, mais personne n'a répondu. J'ai remis le lit à plat, le matelas tailladé sur le sommier, les lambeaux de draps, et j'ai voulu caler la porte d'entrée avec la table.

C'est alors que, dans l'entrebâillement de la porte, à cette heure improbable, j'ai vu Amalia.

Elle était debout dans l'embrasure de la porte, sans rien dire, prête à partir, prête à entrer, son regard planté dans le vide, sans que je ne puisse lire dans ses pensées. Elle se tenait là, avec cette tension cambrée que je lui connaissais autrefois, et je savais qu'elle pourrait rester ainsi des heures, sans souffle, après avoir laissé sonner les tocsins et les alarmes de son corps, avoir laissé passer ce signal que les autres prennent pour de la fatigue, elle continuerait de se tenir ainsi, jusqu'à ce que, soudain, sans qu'elle ne comprenne pourquoi, elle s'effondrerait sous la pression du monde extérieur, immobilisée par le poids des choses, et s'écraserait sur le sol.

Nous sommes restés un long moment silencieux, tous les deux immobiles. Son regard m'avait pétrifié. Les souvenirs et les images d'elle que depuis des mois je gardais dans un écrin de peur de les froisser, se consumaient maintenant et tournaient tout autour de nous comme de petits feux follets de cendres. Je la revoyais comme si elle n'avait jamais franchi cette porte, comme un de ces soirs de décembre dernier, alors que je rentrais d'une journée à aider Flock à Saint-Vincent-de-Paul, elle était venue m'ouvrir, s'agitant sur *Where is my mind*, cette chanson des Pixies qui courait sur les ondes de toutes les radios depuis une vingtaine d'années sans que, par je ne sais quel miracle, elle ne soit jamais parvenue jusqu'à ses oreilles, et elle avait commencé à la faire tourner en continu dans l'appartement, de manière obsessionnelle pendant des semaines. Quand je rentrais frigorifié des après-midi à attendre Flock dans le square Cavaillé-Coll, elle m'accueillait en sautant partout, en faisant cracher les haut-parleurs asthmatiques de l'ordinateur, à chanter comme « Frédérique » Mercury, je ne sais pourquoi elle mélangeait Queen et les Pixies, et je la regardais, maintenant immobile, en train de danser devant moi dans l'aube phosphorescente. Et tout continuait à tourner, ses cuisses blanches, qui semblaient dire « voilà, nerveux, fais ce que tu veux », la cambrure de ses fesses serrées dans son jean qui lui tombait à la taille, avec ses hanches dont les lignes partent dans toutes les directions comme la tension qui tient les cathédrales. Puis tout ce qu'elle m'avait raconté de la révolution d'Octobre, et les scintillements vermeils de son pendentif, et toutes les fois où j'avais eu les doigts qui tremblaient sur sa peau, ma main froide sous son débardeur, puis sur son ventre dur et plat comme celui d'une petite fille, tout se mélangeait avec l'odeur de la friture sur la joue de Flock et l'entaille sur nos arcades. Ça tournait, et j'étais incapable de tenir une seule pensée.

Elle a ouvert un peu plus la porte, et j'ai vu qu'elle portait deux sacoches.

Elle les a posées en entrant. Elle n'a rien dit, je l'ai serrée dans mes bras comme si elle allait encore disparaître avec le premier rayon de l'aube. Tous les souvenirs s'évaporaient et je l'ai embrassée partout, et quand j'ai senti qu'elle m'engriffait, qu'elle rendait chaque baiser avec plus de feu, mes doigts tremblant comme autrefois, je l'ai embrassée encore, j'ai voulu enlever son débardeur, ouvrir le bouton de son jean, baiser fiévreusement ses seins, faire l'amour sur le palier. Elle pleurait, elle avait ses mains sur mes joues et elle me regardait dans le rouge des yeux, elle m'a dit qu'elle avait pleuré toute l'eau tombée ces derniers mois. Je ne pouvais plus penser, je sentais que dans le fond du fond de l'air, cette chose nous tenait ensemble, cette matière translucide, qu'on ne pouvait pas palper. Mais je me retenais de le penser, parce que je sais que mon esprit ne se tient pas droit. Seulement, c'était fort, elle était là cette chose, qui n'était ni de la matière ni de la pensée, qui nous trimbalait tous les deux dans son boléro. Nous avons fait l'amour, contre le mur, avec encore un peu de brûlure au cœur mais avec une joie sous la conscience, enfoncée dans les viscères.

Au bout d'un long moment, elle s'est laissée glisser le long du mur de l'entrée et s'est échouée sur le bois du parquet, en culotte et en débardeur. Elle est restée là à regarder les objets de l'appartement à sa hauteur. Je me suis écrasé sur le mur d'en face sans rien dire. Je ne savais pas par quoi commencer. Elle ne disait rien. On s'est regardés et elle a ri. Je me suis gratté la tête et je suis resté là comme un imbécile. Puis j'ai dit qu'il ne fallait pas qu'elle s'inquiète, je fixerais au moins le cadre du salon. Ils n'avaient pas rebouché les trous. Elle a souri :

– Ton ami Lalo, c'est lui qui m'a donné ces deux sacs. Il m'a dit qu'ils pourraient vous servir. Il y a beaucoup d'argent. Je ne sais pas ce que tu vas en faire. Il m'a dit que c'était à toi.

Mon ami Lalo. J'ai compris que le Manouche, le Gitan, le Bohémien, le Caló, s'était fait un nouveau nom. Elle l'avait croisé en bas de l'appartement quelques heures plus tôt, en début d'après-midi, au moment de prendre l'escalier de l'immeuble, avant que les mastards ne surviennent. Il n'y avait personne. Il attendait. Il lui avait jeté les deux sacoches en lui disant de les monter plus tard dans la nuit.

– Tu l'as rencontré ?

– Ce gars, je l'ai croisé partout.

– Partout ?

– Oui. Partout. Par hasard.

Je savais que « croiser quelqu'un par hasard », pour Amalia, c'est ce qui donnait de l'importance à un être.

Elle m'a raconté que, la première fois, elle l'avait vu en sortant d'ici le jour où elle était partie interrompre sa grossesse à l'hôpital Lariboisière. Il était assis sur un des murets, derrière l'église Saint-Vincent-de-Paul, en train de prendre le soleil vers le petit resto *Casimir.* Il était bien habillé, les cheveux propres, avec un jean, une chemise blanche et un petit veston bien rangé, du style et de la belle gueulerie, avec dans la main un livre intitulé *Le Rêve zapatiste*, et ça l'avait arrêtée, elle, mais c'est lui qui l'avait accostée et, avec un accent de galant, il lui avait dit :

– Tu ne veux pas t'asseoir un peu et parler ?

Elle avait lancé qu'elle n'avait pas le temps, qu'elle devait d'abord se débarrasser de quelque chose et il avait dit :

– C'est bien. Il y a des choses que l'on peut enlever et d'autres pas.

Quand elle a répété ses mots, j'ai entendu le Manouche

avec son accent caillouteux, avec ses phrases qui ne veulent pas dire grand-chose et qui semblent nous râper en passant, et j'ai su qu'on parlait bien de la même personne. Elle lui avait fait un geste, ne s'était pas arrêtée, mais cette phrase, elle lui était restée dans la tête ce jour-là, tandis qu'elle allait chez ses tantes, dans le sud de Paris.

Elle était tombée sur lui une deuxième fois, des semaines plus tard, sur la place de la République, lors d'une Nuit Debout. Il discutait en espagnol avec des Mexicains qui tenaient un stand de livres. C'est elle qui l'avait reconnu, lui, il ne se souvenait plus ou il avait fait semblant de ne pas avoir de mémoire. Ils avaient beaucoup discuté de son projet ce jour-là. Elle cherchait à mettre des textes sur le zapatisme dans un futur numéro de sa revue, elle voulait des conseils. Je la voyais lui expliquer, comme je l'avais déjà entendue faire si souvent, que sa revue ressuscitait l'*Acéphale*, fondée par Bataille en 1936, qui ne connut que cinq numéros, et c'est pour cela qu'elle l'avait intitulée *Le Nouvel Acéphale.* Je l'entendais lui raconter pourquoi elle avait senti que son marxisme était proche de ce communisme incommode de Bataille, parce que supprimer la tête, c'est supprimer l'unité, qui était pour Bataille le signe du fascisme, c'est-à-dire l'incapacité de préserver le multiple et le divers, le radicalement hétérogène, et de le garder comme tel, tenir ensemble la dissemblance des formes de vie sans les écraser. C'était cela qu'elle voulait, le cœur du projet zapatiste, garder le différent et les différends, et elle avait besoin de sa supposée expérience du Chiapas.

Ce jour-là, au moment de se séparer, il lui avait offert une photographie jaunie qu'il portait toujours sur lui, dans la doublure de sa veste, qu'il chérissait parce que sa mère la lui avait laissée avant qu'il ne quitte le Mexique. C'était une photographie des Adelitas, ces femmes armées qui suivaient les soldats de Villa lors de la révolution mexicaine, et qui sur les quais d'un train d'insurgés regardaient derrière elles, pieds nus, d'un œil sans peur. Selon sa mère, c'étaient des arrière-grand-tantes à lui. Amalia avait été tellement touchée qu'elle lui avait demandé d'écrire un petit mot, pour ne pas l'oublier. Elle m'a montré la photo qu'elle gardait maintenant toujours dans son sac avec le mot qu'avait écrit le Manouche : « Amie, cette terre de fraternité est encore devant toi. Il faut creuser, descendre dans cette mine et la déterrer. Elle ne viendra jamais qu'à force de marcher, et elle avancera toujours vers toi comme l'horizon qui recule. »

Elle l'avait vu une troisième fois, assis seul, un lundi soir lors d'une conférence du philosophe Alain Badiou, dans la salle des actes de l'École normale supérieure. J'ai continué de l'écouter, mais je me demandais maintenant à chacune de ses histoires si on parlait bien de la même personne. Tout semblait coïncider avec le Manouche, mais rien de ce que j'entendais ne me rappelait le va-nu-pieds avec qui je buvais des bières contre les rails de la petite couronne de Saint-Ouen, avec sa tache près de l'œil et sa gerbe de crachats qui effrayait les bourgeois. Elle m'a dit que, lors de la conférence de Badiou, elle s'était assise à quelques rangs derrière lui, en regardant la salle se remplir.

Ce n'était certainement pas le grand monde parisien qui allait écouter les cours gratuits du vieux philosophe, malgré tout, des normaliens se trouvaient à errer dans les couloirs, des ingénieurs, mais aussi des militants, des travailleurs, et des gars en permission de Sainte-Anne, qui posaient souvent au vieil agitateur des questions incongrues, par exemple, à quel endroit il plaçait tel philosophe dans une hiérarchie des archanges, ou comment nos principales contributions mathématiques venaient en réalité d'extraterrestres qui avaient pris des corps humains. Badiou ne répondait pas et passait aux questions suivantes. Tout cela semblait beaucoup amuser le Manouche. Elle m'a dit qu'il applaudissait et se levait pour mieux entendre les questions du fond. La fin des interventions tournait souvent au bordel, les héritiers de Lénine et Cantor s'envoyaient des coups de poing en remontant d'un coin à l'autre de la salle, et on était juste bien assis pour voir les prises de catch que des normaliens maoïstes essayaient sur des bricoleurs du dimanche de machines à remonter le temps ou des autodidactes mathématiciens revenus de prison. C'était un peu de ce bordel qu'Amalia cherchait à mettre dans sa revue et, à partir de ce moment, elle avait essayé de trouver ce « Lalo » un peu partout où elle allait, car elle sentait qu'il était un de ceux qui avaient les clefs du souk.

Elle m'a raconté qu'ils avaient encore eu une conversation importante ce soir-là dans un bar électro à côté du *Requin chagrin*. Mais Lalo dansait en même temps, alors ce n'était pas très pratique de discuter. Elle m'a dit qu'il moshait de la tête et windmillait des bras sous les lumières intermittentes, et qu'il donnait l'impression de partir en crawl vertical, de rapper à l'envers, d'essayer de rattraper le rythme avant la fin du morceau.

Il était tard, et Amalia parlait sans s'arrêter avec des phrases que je comprenais de moins en moins, et je savais qu'elle allait bientôt s'endormir là, devant moi, au détour d'un mot, sans se souvenir de rien. Elle m'a dit que Lalo et elle suivaient la même piste aux étoiles, et qu'une fois Lalo avait parlé d'un ami à lui qui peignait des structures blanches, c'étaient les plus belles choses qu'il avait vues, un tout nouveau langage de la peinture, que l'on ne pourrait vraiment comprendre que quand on aurait totalement changé notre façon de parler, quand on aurait une oreille pour entendre la saccade à l'intérieur du jour, les secousses et les entailles dans l'épaisseur du ciel, quand il s'ouvre sur un lieu sans bord. Je perdais le fil de ce qu'Amalia disait, et je crois qu'il n'y en avait plus, de fil, elle mélangeait tout cela avec la conversation qu'elle avait eue avec d'autres punks, et puis le Caló lui avait parlé de Lorca, de son démon à lui qui ne se réveillait que dans les « demeures les plus reculées du sang ». Il avait ajouté que le communisme ne vaut rien si on ne commence pas par créer un commerce de cœur avec la personne qui nous fait face. Mais Amalia s'était déjà endormie sur le parquet, je ne sais pas trop ce qui avait continué de parler contre mon épaule, alors je l'ai soulevée comme un animal tombé après la traque et l'ai mise dans notre lit. Je me suis endormi après l'aube, comme avant, et j'ai rêvé de frites. Je savais que si elle disparaissait de nouveau avant que je ne me réveille, j'irais la chercher où elle serait, en nageant, s'il le faut, au fond d'un bac à friture.

*

Le lendemain, en fin d'après-midi, je suis passé récupérer Flock à l'hôpital. On lui avait enroulé un bandeau autour du crâne, et je suis sorti sans rien dire avec cette momie, et quand nous sommes arrivés dans sa chambre, il m'a donné ce qu'il avait, de l'argent qu'il avait mis de côté pendant des mois, en petites coupures, et dit que je pouvais faire ça pour lui, l'amener à la gare désaffectée de la Garenne-Rancy. Il tremblait. Il n'avait rien d'autre, je crois même qu'il a donné plus que ce qu'il devait, pour être sûr qu'on le laisse tranquille. Je n'avais aucune idée de combien les gars attendaient, mais je me suis dit que le Caló avait dû penser que les deux sacoches laissées à Amalia suffiraient. Je n'ai pas parlé à Flock de ces sacoches. Amalia et moi, on en garderait un peu de côté pour payer les derniers loyers, et au moins aller faire le resto que je lui devais. C'était de toute façon un peu la bonne-main que Flock me devait depuis des mois, parce que je m'étais quand même bien fait bigorner la gueule à cause de sa crétinerie et que je lui avais donné le plaisir de me voir saigner du nez à plusieurs occasions. Je suis rentré ce soir-là en traversant le IXe, sans nuages, avec l'impression que mes pensées étaient à la belle étoile.

Le lendemain, Houphouët m'a envoyé un texto pour que je le rejoigne dans le local de Saint-Ouen. Il avait une cicatrice sur l'arcade sourcilière. Il s'est levé d'une chaise de type Directoire, du magasin d'antiquaire voisin, boitant un peu et se plaignant que les gars lui avaient brisé les doigts, et d'avoir l'impression d'un écho de ferraille dans une paroi du nez. Il m'a raconté comment il s'était fait surprendre par les gars de Neven alors que des clients devaient passer à l'appartement, qu'ils avaient sonné, qu'il leur avait ouvert en pensant que c'étaient les tontons. Ils étaient montés et l'avaient cogné pendant une bonne heure, avant qu'il ne dise où se trouvaient l'argent et le Caló.

Il m'a dit que des gars avaient emmené le Caló à la Garenne-Rancy pour lui régler son compte, avant la nuit, quelques heures après qu'il avait déposé les sacoches en bas de l'immeuble, alors que d'autres de la bande s'apprêtaient à nous rejoindre chez Ibrahim. Qui sait d'où venait le Manouche et où il était parti ? Il s'était évaporé dans la fumée d'un pot d'échappement, comme un mauvais génie qui retourne dans sa lampe après avoir mis le zging partout. Houphouët m'a dit qu'il pensait qu'il s'était fait tuer et enterrer près de la vieille gare. Il était presque sûr qu'ils avaient creusé par là pour lui faire un trou, entre les vieux rails rouillés qui partaient dans toutes les directions. C'était un sans-papiers, il était invisible, on ne se soucierait pas plus de lui que de la chiourme. « On l'appelle partout différemment, comment veux-tu le retrouver ? » Peut-être que certains l'ont vu ces temps-ci, mais ils ont un autre nom à te donner. Puis il m'a dit qu'il pensait que le Manouche était doué pour quelque chose, pas pour nous élever l'âme, pour la cailler comme du lait périmé peut-être. En tout cas, pour lui, c'était sûr qu'ils l'avaient liquidé, là-bas, derrière la gare de la Garenne-Rancy, et y aller poser les sacoches n'était pas pour me rassurer.

Le soir s'est écrasé d'un coup à quelques rues seulement de là. En tombant, il a crépité d'abord sur la vitre rouge des immeubles qui bordaient les rails, puis s'est laissé choir sur les voies ferrées en roulant sur les cailloux comme sur des gravats d'étoiles. Il s'est déposé là en attendant le retour de l'aube. Toutes les lumières des rues ont commencé à s'allumer au garde-à-vous pour lui résister, essayant de chasser l'obscurité sur quelques mètres, et comme les nuages de mouches se dispersent, le soir revient toujours refaire le tour de l'œil.

Ce que j'ai compris de ces conversations avec Flock et Houphouët, c'est que personne d'autre ne voulait aller poser ces deux valises, et qu'ils étaient tous deux inquiets à l'avance de se voir allongés, sous terre, dans le même trou que le gitan, là-bas, dans la vieille gare, et qu'en bon pote, c'était à moi de terminer ce qu'ils avaient commencé. C'était la dernière chose que j'aurais voulue ; et comme j'avais encore cette maladie cérébrale, je sentais que j'étais attiré au centre d'un maelstrom invisible, dans une autre forme de vie, ni matière ni pensée, une sorte d'attracteur étrange. Ce que nous appelons le monde, la réalité, c'est simplement ces vortex transparents qui se fossilisent et se calcifient à certains endroits, se durcissent un peu, se contractent et ne nous laissent plus le choix. Nous et les objets n'existons qu'à la jointure de ces milieux, que dans leur nœud, nous n'apparaissons, avec tous les autres êtres, que quand remuent ces biotopes, les véritables écosystèmes auxquels nous sommes branchés et empruntons un peu de notre sensation d'exister. On ne peut rien faire d'autre que suivre leur mouvement.

*

Houphouët ne voulait plus d'emmerdes. Flock ne se risquait plus à parler de peur de perdre sa mandibule. C'est donc à moi qu'il est revenu d'aller seul, sans rien dire à Amalia, poser l'argent, le lendemain, dans la gare retranchée. Les ciels de cette vieille banlieue ne sont pas ceux de Paris, comme si une curieuse densité d'air provoquait une réfraction du jour après le périphérique. Aucun métro ne mène au centre de ces bâtiments faubouriens laissés à l'abandon depuis des décennies, coincés entre des communes plus riches et mieux desservies. Ce petit lopin de ville semblait à la dérive, une sorte de réserve amérindienne à la française, pour parquer les vieux autochtones, ceux qui vivent là depuis toujours. Il n'y avait rien à faire à la Garenne-Rancy, aucun club ou cinéma, aucune boutique, pas de poste de police. Ceux qui vivent entre les vieux immeubles de pierre grise, d'aucune époque géologique connue, peut-être des débris d'astéroïdes recouverts de chaux poussiéreuse, ne sont pas méchants, seulement un peu hargneux du fait de leur isolement, et regardent comme des étrangers les autres banlieusards qui passent sans s'arrêter pour regagner un autre coin de l'Île-de-France. Les habitants n'avaient toujours pas liquidé un vieux règlement de comptes, celui de la bâche de nuages qu'on avait posée sur leurs toits, des usines Kalker et autres fumées des crématoires de l'est. Mais ils ne voulaient pas d'histoires et ils auraient été prêts à s'enfoncer encore un peu plus dans les profondeurs de la campagne s'ils avaient pu échapper aux affairements de leurs voisins. Mais voilà, même ce petit faubourg était en train de se transformer sous la pression immobilière de la première couronne, il se faisait rattraper par la planification urbaine du Grand Paris, et depuis moins d'une dizaine d'années, d'inhabituels attroupements se faisaient sentir dans la vieille gare abandonnée qui bordait un méandre de la Seine.

Houphouët m'a accompagné avec les sacoches jusqu'au métro, puis m'a laissé seul. J'ai mis du temps à trouver le bâtiment, derrière un terrain vague encore marécageux dans le bras de la Seine, c'était une vieille station abandonnée, d'un style Art déco massif qui, jusqu'aux années 40 du siècle dernier, servait de desserte aux banlieues du nord-ouest de Paris, avant l'arrivée des RER A et C qui sont venus mailler ces territoires enfermés dans le grand méandre. Avec les moustiques, il est certain que c'est de là que partiront les prochaines pandémies de chikungunya, quand Paris se sera junglifié. Le hall principal de la vieille station abandonnée ressemblait à une sorte de vieux théâtre en ruine, pris par les plantes et dont la moitié de la toiture s'était effondrée. La gare se tenait seule au milieu des chemins de rails, dans une plaine désaffectée où traînaient encore des morceaux de ferraille, des tas épars de sable, et des carcasses rouillées de friche industrielle qui ne faisaient pas du bon engrais. On ne voyait rien à des centaines de mètres, et le petit bras de la Seine derrière la gare relâchait une odeur pestilentielle. La station ne comprenait qu'un seul bâtiment, au centre d'une toile de poteaux, d'aiguillage manuel d'appareils de voie vétustes, et de graffitis lavés par les pluies. Les vitres des étages étaient brésillées et laissaient sortir de l'air chaud. Il faisait noir à l'intérieur, le jour déclinait, il était aux environs de vingt heures, et le ciel était déjà bas. Le terrain me donnait soif et j'ai vidé ce qui restait d'eau d'une vieille bouteille que le Caló avait laissée dans une des sacoches.

En levant les yeux, j'ai d'abord vu des nuées de corbeaux au-dessus de l'houppier tout délabré des arbres, semblant de loin faire une cathédrale noire dans les airs. Le ciel commençait à gondoler. Quelque chose s'épaississait au fond de la moiteur et on pouvait sentir le soir devenir plus opaque. J'ai vu ensuite dans le ciel ce qui avait fait peur aux volatiles, un immense arcus, un de ces nuages sombres qui roulent sur la ligne de l'horizon, que l'on peut fixer d'en bas comme un cylindre d'écume grise. Il attirait étrangement tout le ciel à lui et s'approchait de la tourelle de la gare, et avec son rouleau tacheté de brumaille s'apprêtait à s'écraser et emporter ce qui était resté debout, tenu au sol par le lierre. J'ai levé les yeux et j'ai eu l'impression que cette chose avançait vers Paris pour absorber la ville. Le vent était calme, mais cette ombre de nacre roulait comme un tsunami sombre, surveillant les mouvements à ses pieds, attendant de briser son contour sur les toits. Il allait pleuvoir de la vase et des oiseaux, ce qui nourrirait cette crue qui n'en finissait pas de monter.

J'ai avancé vers le centre du hall de la gare, en tentant d'ouvrir une porte prise dans des racines, avec cette voix qui revenait tambouriner. Le Manouche avait dit que la voix disparaîtrait lentement, qu'avec le temps elle deviendrait simplement la pulsation des choses, et je sentais ici, dans ce marécage à l'abandon, qu'elle devenait moins verbeuse et plus déréglée, que bientôt elle ne serait plus capable de suivre aucun ordre.

J'ai posé les deux sacoches à l'endroit où j'imaginais qu'il y avait eu l'ancien panneau des départs, puis je suis sorti du grand hall d'entrée par une porte qui menait vers une petite pièce sombre, sur la droite de la gare, qui avait dû autrefois accueillir un petit café parce que j'ai senti des tables dans la pénombre. Une ouverture recouverte de plantes rhizomiques laissait voir le ciel. Cela faisait des années que je n'avais plus vu rouler ces bobines de charbon au-dessus de Paris. Ces nuages me mettent dans cet état étrange, comme si autre Chose s'enfermait dans ma conscience. J'ai eu la sensation que cette forme des nuages prenait consistance, qu'elle n'était pas que dehors, mais aussi à l'intérieur. Cette voix n'est pas mauvaise, comme cet arcus, c'est peut-être de cette fêlure du ciel que viennent ces créatures. Alors je me suis dit « Qui est-ce ? ». Aucune voix n'a répondu. Mais ça battait sous mon crâne d'une autre manière. C'est d'abord une obscurité dans les pensées. L'esprit ne peut pas voir cette noirceur la plupart du temps, comme l'horizon sombre des actions, et parfois, quelques secondes, nous passons près d'elle et sentons son souffle, cette obscurité qui nous précède. Je me suis laissé tomber dans cette pièce enfoncée de la station. Quelque chose me paralysait les muscles, mais ce n'était pas de la peur, mes doigts avaient du mal à bouger, mon cœur accélérait et le sol remuait. La créature s'immisçait dans des fêlures comme du plâtre, de crevasse en crevasse, puis de courroie en courroie, jusqu'à la flaque sombre où l'âme macère.

Je me suis étalé d'un coup sur le sol, l'équilibre m'a quitté et je me suis dit que la détraque revenait. Je n'avais plus de Rivotril dans la poche. Puis m'est aussi venu le souvenir d'un goût anormal dans l'eau du Caló que je venais de boire, comme s'il y avait dilué toutes ses drogues, et j'avais bu d'un coup ce fond de marécage qui me donnait maintenant envie de vomir. Mes pensées s'effaçaient. J'étais couché et je ne pouvais plus bouger à cause du battement sur mes tempes. Le plafond de la pièce descendait verticalement. Je tentais de garder les yeux ouverts pour ne pas perdre de vue le coin obscur que formait l'angle des deux murs.

Sur le seuil, j'ai senti s'installer cette lumière fossile qui, depuis des mois, envahissait mes pensées, s'entortillant dans ma tête comme de la glycine, grimpant d'un fond obscur à la lueur d'une lune ancienne. Le petit monde familier et crayeux que je connaissais s'estompait dans un présent sans bord. Et une autre forme de vie était prête à naître. La créature ne bougeait pas, et pourtant, elle semblait s'étendre. Elle était très vieille. Je ne la voyais pas. Elle savait que j'étais chez elle, à côté, elle observait, elle n'était pas dérangée, elle était en train de se reposer. Elle se tournait par moments pour vérifier que je n'avais pas bougé, comme si j'étais entré dans son piège. Elle guettait. Elle flairait sans narines. C'était un étrange saurien, quelque chose encore dans son œuf, bien plus impénétrable que tout ce que j'avais imaginé, ne connaissant ni la droite ni la gauche, ni le haut, ni le bas, ni les plaisirs, ni les douleurs, mais il attendait et savait quelque chose. Cette entité pourrait m'écraser si elle le voulait en rabattant les minutes comme des feuilles de papier, m'avaler en se contractant, en se tournant d'un coup. Mais j'avais moins peur d'elle que de rester seul ici. Cette sensation d'être seul, que pouvais-je faire contre elle ? J'avais ressenti cette solitude quand Amalia était partie subitement. Je m'étais retourné et la personne à qui je tenais la main n'était plus là. Comment n'a-t-on pas encore trouvé de nom pour cette peur ? Nous avons un nom pour les différents nuages selon leur hauteur, nous avons un nom pour les différents types de neige, pour les marées, pour les tissus de nos jeans, mais cette peur qui est le signe que jamais les autres ne pourront nous sauver, cette peur qui nous rappelle que dans les moments importants nous sommes seuls, nous ne pouvons pas la nommer, et la distinguer de nos petites angoisses. Nous ne voulons pas la nommer car nous ne voulons pas la penser.

J'ai demandé à la voix dans ma tête de partir, de me laisser tranquille, de simplement me laisser là. Mais elle ne partait pas. Cette créature ondulait. Elle s'immisçait, s'approchait de moi dès que je relâchais mon attention, puis revenait un peu en arrière dès que je reprenais mon qui-vive, pour se rouler de nouveau dans un débris d'ombre. Elle était comme le loup qui montre patte blanche sous la porte dans les histoires pour enfants, qui prend une voix de miel et qui demande qu'on lui ouvre, mais une fois à l'intérieur détruit tout ce qui s'y trouve.

Je surveillais portes, fenêtres, toutes les brèches d'espace par lesquelles elle aurait pu entrer. À chaque fois qu'elle parvenait à me distraire, que mon attention fléchissait quelques secondes, elle avait déjà avancé sans que je m'en rende compte. Elle jouait à un, deux, trois, soleil, et était toujours beaucoup plus près que je l'imaginais. Cette voix me promettait de ne pas tout détruire, seulement des figures de plâtre, des ombres autour d'un feu, ce qui encombrait. Elle voulait me montrer bientôt un monde sans pareil, un monde où j'aurais eu l'impression jusqu'ici d'être né pour de faux, où je me serais réveillé, dans la nuit, suspendu aux étoiles, où j'aurais été précipité dans une rivière froide, entraîné avec tous les soleils et tournant sur moi-même en attendant de passer entre des pierres lumineuses. Mais c'est bien quelque chose de moi que ce reptile allait emporter à jamais, et je ne savais pas encore la quantité d'âme que j'allais perdre.

Je ne sais plus combien de temps je suis resté dans cette obscurité, on ne peut jamais le connaître, ce temps où on n'est rien, justement parce que ce temps n'est pas. Je suis resté dans ce présent insondable, sans crainte de personne, et je me suis bêtement replié dans un coin de cette gare sans comprendre ce qui se passait.

Quelque chose à côté a remué avec les dernières courroies du soir. J'ai entendu des bruits, des voix, dans le hall principal, dont les quatre ouvertures vétustes brinquebalaient autour des gonds. Puis ce fut le silence. Les gars étaient venus prendre leurs sacoches. Ils s'étaient grillé une clope puis étaient partis.

Le petit hall s'était légèrement allumé, une lumière avait bougé. Dehors, non loin, sur un bras de la Seine, une péniche glissait et la lumière rouge de son phare est entrée dans la pièce sombre, passant sur le mur comme en le brûlant.

Je ne sais pas ce qui m'a vraiment quitté dans cette gare, j'ai senti qu'il y avait une ombre qui avait bougé au fond de la petite pièce où je me trouvais, et j'ai vu une silhouette découpée dans le renfoncement sombre. J'ai levé les yeux et c'est alors qu'au-dessus de mon corps endolori, il m'a semblé apercevoir le Manouche, la tête prise dans des sortes de racines, se levant lentement d'un siège d'ombres. La nuit a encore remué un peu, puis il a disparu. Peut-être qu'il était venu récupérer son argent, peut-être que les gars de Neven, comme avait dit Houphouët, l'avaient effacé ici dans cette gare, la veille, qu'ils avaient creusé un trou pour lui, dans le noir, là où les rails se croisent, enterré là-bas non loin des arbres qui bordent la rivière, avant le pont, qu'ils avaient mis son corps maigre, pas lourd, sans poche ni nom ni papier, qu'il avait disparu comme s'il n'avait jamais été là et qu'il ne traînait maintenant plus que sous forme de nuit, et que c'est pour cela que j'avais senti la présence du Manouche comme de la pèlerine d'ombre.

Je me suis rappelé ce qu'il avait dit, que la Chose allait s'installer et s'enraciner. Ce monde est sans mi-temps et sans trêve. Ce démon a les paupières soudées. Il ne cille pas. Il dort les yeux ouverts. Il est là maintenant. Il est entré à l'intérieur. Il n'y a plus de fenêtre ou de porte que l'on puisse fermer comme dans les endroits où aiment vivre les humains. Il n'y a pas de monde meilleur que celui-ci. Tous les univers que l'on pourra imaginer ont aussi un trou dans le bois de leur cœur qui les empêche de se fermer correctement. Et ce basilic à la peau de nuit a commencé à s'asseoir au milieu de ce que j'avais de plus cher pour me briser comme une noix, pour écosser l'écorce de laquelle je m'étais couvert. Il s'est installé, il est venu me trouver dans l'œuf où je me tenais au chaud. Il s'est faufilé entre les branches de l'arbre pour me prendre dans mon nid, et il m'a retourné comme on retrousse un morceau de mangue. J'avais envie de tout vomir. Sur l'avenue Montaigne, dans leurs belles voitures, à l'heure de leurs soirées pailletées, aux portes de verre des grands restaurants, dans les longs défilés de haute couture, dans les lumières des beaux appartements, que connaissent-ils de cette odeur de vomissure, de cette solitude, que connaissent-ils de la violence de cette entité boueuse, qui se tient à la porte de la ville et dans le courant de la Seine ?

Mais cette créature n'est pas une entité. Elle est la gravité même, elle ne tient dans rien. Cette force n'est pas de la pesanteur, ce n'est pas un poids inertiel, une pression invisible, comme celle que l'on dit empêcher les planètes de tomber dans le vide. C'est une révolution indécelable qui nous maintient au sol en nous fixant par les racines, une attraction qui déploie de vieilles cordes pour nous attacher au monde, puis pousser dans tous les sens en retournant les pavés. J'ai compris alors ce que le Manouche avait voulu dire, c'est que quand cette Chose s'est installée, on sent que tout baigne dans un temps fossile, invisible comme une structure blanche impossible à décrire, une sorte de rayon de convalescence, la diagonale sans fond qui soutient les côtés de la pièce où nous sommes et le reste des murs. On ne la voit pas, elle est imperceptible, elle se fond dans ce qui est autour d'elle. Légère, et pourtant : je ne sais toujours pas ce que je suis, mais ce que je sais, c'est que je suis ferme comme cette Chose.

C'est ce pouls de vie qui a commencé à battre ce soir-là, que j'ai attrapé comme un coup de froid, et que je ne cesse d'entendre depuis. Ces structures blanches m'y ont guidé sans savoir. La pulsation a pris forme il y a longtemps dans cette pâte de pensées où surgissent ces images dans lesquelles nous nous roulons et qui deviennent maintenant peu à peu cette inexprimable secousse de jour.

Au bout d'un long moment, j'ai pu me relever doucement, mon corps s'habituait à cette nouvelle pesanteur. J'ai avancé sans bien respirer. J'ai d'abord titubé dans le noir, puis je me suis mis sur le perron de la gare et j'ai fumé une cigarette. Sur un bout de chemin, j'ai suivi le bras de la Seine, près de l'île aux Chiens et de la Grande Jatte, le fleuve avait regagné son lit, s'était calmé, dégonflé, endeuillé, comme après une fête, à chercher quelqu'un de perdu dans la foule, sans savoir à quel endroit on l'a vu pour la dernière fois. C'était une nuit chaude.

*

Je n'ai plus jamais revu le Caló, ni son âme en cubes. Personne ne l'a jamais revu, peut-être qu'il s'est entendu avec son *duende* et qu'il rôde maintenant comme une ombre autour de la vieille gare, ou qu'il est retourné chez lui, dans cette zone du silence dont il m'avait parlé. Mais depuis ce jour à la gare, je sens encore son ombre comme le bras d'un amputé. Surtout quand je passe entre La Chapelle et Clignancourt, là où je l'avais rencontré pour la première fois, au milieu du bordel. Un jour où Houphouët était monté à l'appartement avec un reste de yassa au poulet, il m'a dit que c'est là que, lui aussi, avait aperçu le Caló pour la première et la dernière fois, comme si le fils du *mungawi* était remonté et descendu sous terre, à La Chapelle. Cette sensation de saturation dans l'air que j'avais sentie là-bas, cette pesanteur dans laquelle naissent les structures blanches, ne m'ont plus jamais quitté.

J'ai aussi fait un rêve mystérieux une nuit, il y a peu, avec du vent dedans. Une plaine recouverte de neige, de tessons de nuages qui ondoyaient sans direction, tandis qu'un soir bleu se fixait partout maladroitement. Je me trouvais là-bas près d'un tertre, les immeubles étaient tombés depuis des milliers d'hivers, la Seine était venue plusieurs fois jusqu'ici et je sentais que j'étais dans le fond de l'air blanc, à l'intérieur de la moelle épinière du jour. Je gardais mémoire de ce qui s'était passé, comme si j'étais encore là avec les autres, à m'agiter à l'intérieur de l'enclos, au creux de l'air, avec cette créature du *mungawi*, et tout le reste, tout ce qui se passait ici, ce n'était que la contraction de ce milieu, ce n'était que le rêve de cette Chose ancienne.

*

Amalia a repris sa place dans le petit appartement de Toudouze. Pour passer le temps, parce qu'elle avait la flemme de rentrer à Vanves, avait-elle dit. Moi ça me suffisait qu'elle soit là, et qu'elle remette de l'électricité dans mes fentes synaptiques. Elle était contre moi, ses cheveux sur mes joues, son corps nu allongé dans la longueur du lit, sans rien dire, et ses yeux continuaient de regarder dans le vide, et dehors, on entendait la rumeur de la rue, des enfants qui jouaient en bas sur la place, les verres qui n'étaient plus que des bruits aux oreilles, la lumière du soleil qui nous pressait les cuisses, la radio qui cailletait, cette paix qui avait envahi la pièce.

– Je n'ai pas pu m'empêcher de lire ce qui traînait dans la pochette sur la table, m'a-t-elle dit cette fin d'après-midi, ça m'a accrochée. Je pense que tu devrais mettre tout cela au propre. Tu devrais écrire sur cette histoire, sur le Caló. Pas seulement le poème que tu n'en finis pas de finir.

Elle avait trouvé l'ébauche d'un petit poème que je n'arrivais pas à terminer, mais sur lequel je revenais souvent, ces derniers temps, pour me ressouvenir de ce qui était arrivé à ce Tzigane, avant que tout ne s'efface de nouveau.

Les boussoles n'indiquaient qu'une seule rue
La nuit de sa venue
Quand il est retourné peindre ses mains sur ce fond de cage

Il est loin maintenant
Dans des cylindres de nuit blanche
À regarder descendre sur lui les avalanches

Je l'attendais sur un promontoire changeant
Une sorte de banc
Ce termite de l'âme
Lors de quelques désastres magiques
A roulé d'un nuage
Une nuit qu'il parcourait le Mexique

Il a dit ξ – ξ
Et quand il rêve il n'entend que des rires
Dans cette église transformée en manège
Angélus désaccordé
Suspendu aux odeurs de la forêt
Mes yeux encornés de neige
Il est parti en laissant la maison brûler
Je ne voyais des Grands Boulevards
Plus que le feu sur le pont des Arts

Ainsi naissent les nuits vertes
Il a fallu apprendre
Certes à supporter le bon sens
En herbivore
À arranger pêle-mêle les pieds du hanneton
Le neurone multicolore

Qui me servait autrefois de raison
La vie est une clef repliée sur elle-même
C'est une bestiole emmêlée
Je me répète mal
Ce butor étoilé
Au fond de ma caverne
À la lanterne
Est venu me libérer

Je n'ai jamais rien réussi à finir jusqu'ici, mais je ne cesse de penser à ce bohémien, et c'est Amalia qui m'a aidé, elle m'a forcé à écrire, cela pourrait faire une sorte de mémoire pour rappeler comment cette ville accueille ses désaxés, que l'on se rappelle ce qui s'est vraiment passé pendant ces mois de pluie, que l'on sache plus tard où les choses ont commencé, quand, cette année-là, la terre s'est démise pour un instant de son axe. Mais je n'ai jamais réussi à écrire correctement, alors j'ai simplement attendu que ça prenne de la consistance, comme on baratte le lait, et quand j'en ai eu marre d'attendre, Amalia m'a demandé de refaire des tours, parce que le Manouche ne pouvait prendre forme que dans une sorte d'anamorphose. Puis un jour, alors que j'avais laissé tomber le projet de raconter, j'ai vu en reflet, à l'intérieur du texte chaotique, le visage encore jamais aperçu du Caló, à l'intérieur du désordre. Mais ce n'était pas une image à contempler passivement, ça a surgi comme une image qui m'a avalé, m'a régurgité, et a fait mourir en moi ce qui autrefois était à lui.

Amalia était couchée dans le lit. J'ai regardé la courbe hésitante que faisait le bas de son dos, qui continuait de m'échapper et qui se fondait dans le mur, et qui semblait la faire sortir des creux du lavis blanc. Il m'a semblé qu'elle s'était arrêtée de respirer, comme cela lui arrivait parfois, continuant de fixer dehors le jour qui chatoyait en répandant partout, sur le plafond et sur le lit, des structures blanches comme les reflets de l'eau au fond d'une piscine, comme si nous étions coincés à l'intérieur de ses barreaux transparents.

Ce texte écrit entre deux collines et relu entre deux strates de pavés parisiens a été achevé d'imprimer à la pointe du printemps 2025, dans la transparence de Normandie Roto Impression s.a.s.(France)

ISBN : 978-2-487749-00-9

Dépôt légal : mars 2025. n° 158359 (2500053)